XUN präsentiert:

als 21. Ausgabe den Roman

AF220032

»Der Todeskuss der grünen Lady«

04. Band der Serie
»Crystal – Geboren aus Dunkel und Licht«

Ein Horror-Roman
von

A. T. Legrand

Freie Redaktion XUN

Eine Publikation der
Freien Redaktion XUN
Heilbronn
Frühjahr 2020

**Es besteht Titelschutz nach den §§ 5, 15 MarkenG, durch
Ordnungsgemäße Anzeige und Veröffentlichung im Börsenblatt
des Deutschen Börsenvereins
Ausgabe 20/2006, Ausgabe 30**

Titelbild: Lothar Bauer
Titelgestaltung: Stefan Böttcher

Redaktion und Herausgeber: Bernd Walter
Freie Redaktion XUN, Heilbronn

**Umschlaggestaltung, Herstellung und Verlag:
BoD – Books on Demand, Norderstedt**

© 2020 **XUN präsentiert** - Band 21
Freie Redaktion XUN, Heilbronn
Inhaberin aller Veröffentlichungsrechte

www.fantastischegeschichten.de

E-Mail:
webmaster@fantastischegeschichten.de

Was bisher geschah:

Die junge Engländerin Crystal Blair wurde aus noch immer nicht ganz geklärten Gründen von finsteren Mächten, die ihre Mutter brutal getötet hatten, entführt und auf dem düsteren Landsitz Cadwrigham House gefangen gehalten. Von dort gelang ihr mit Hilfe des deutschen Versicherungsmaklers Michael Fux, der nach einer Autopanne ebenfalls in die Fänge des düsteren Earls of Cadwrigham geraten war, die gemeinsame Flucht. Dabei fallen die beiden fast einem widerlichen Leichenfresser, einem Ghoul, zum Opfer. Doch auch diesmal können sie das Böse überwinden, und ihre Flucht bis nach London fortsetzen.

Dort studierten Crystal und Michael einige Unterlagen, die Crystal aus Cadwrigham House mitgenommen hatte, weil ihr Name darauf vermerkt war. Überraschenderweise enthielten die Unterlagen einen Brief von Crystals unbekanntem Vater. Nicht nur das: Crystal bekam außerdem die Verfügung über ein stattliches Vermögen und Blair House, einem Anwesen, welches, laut Crystals Vater, sichere Unterkunft gegen die Horden des Bösen bieten sollte.

Die Engländerin und der junge Deutsche beschlossen, Blair House schnellstmöglich aufzusuchen. Zu ihrem großen Entsetzen lauerte ihnen dort ein ganzes Rudel geifernder Wolfsbestien auf, die von einer finsteren Gestalt auf die beiden gehetzt wurden. Wäre nicht in letzter Sekunde Hilfe in Form von Rolfhardt Ethelbert Ronan von Schressen, einem weißen Vampir, aufgetaucht, es hätte schlecht für die beiden jungen Leute ausgesehen.

In ihrer ersten Nacht in der sichern Umgebung von Blair House empfängt Crystal einen mentalen Hilfeschrei. Ein junges Mädchen hat Angst um ihre Großmutter, die überstürzt zu einer dubiosen Kreuzfahrt aufbricht. Der Traum offenbart Crystal außerdem, dass hier finstere Mächte im Spiel sind. Kaum, dass sie die Traumbilder abschütteln konnte und erwachte, hatte sie für sich den Entschluss gefasst, dem kleinen Mädchen zu helfen und den finsteren Mächten nicht einfach das Spielfeld zu überlassen.

So führt sie dieser nächtliche Traum auf eine Fahrt ins Ungewisse, an

Bord des Kreuzfahrtschiffes MS SERPENTIA. Sie finden heraus, dass dort Satyre und Schattennymphen ihr Unwesen treiben. Diese Kreaturen der Finsternis verführen die Menschheit zu bösen Handlungen und verleiten sie zu Todsünden, um sich an der dadurch freigesetzten negativen Energie NEGEM zu laben. Schon gab es erste Tote an Bord des Kreuzfahrtschiffes. Doch die finsteren Wesen haben die Rechnung ohne Crystal, Michael und Rolfhardt gemacht. Allerdings hatten die Kreaturen mitbekommen, dass es Gegenspieler gab. Es kam zum Showdown auf hoher See, den die Protagonisten nur gerade so überlebten.

Doch zurück an Land wartete gleich die nächste Auseinandersetzung mit den Kräften des NEGEM auf das Trio. In den Räumen einer Softwarefirma, welche auf verfluchtem Grund erbaut worden war, sorgen Spuk und Poltergeister für Todesangst in der Berrymoore Street. Es kommt zu harten Kämpfen, unter tatkräftiger Mithilfe von Bruder Jonathon und seinen Mitbrüdern, sowie den Wachmännern Harrison Steerling und Malcom McDearmitt. Unter Aufbietung aller Kräfte kann der Spuk bezwungen, und die Gebäude der Firma befriedet werden.

Die Ruhe danach währt nur kurze Zeit. Bald beunruhigen mysteriöse Todesfälle die Geisterjäger von ESP Investigations. Es sind vorwiegend junge Männer, die den Tod finden. Und zwar durch den ‹Todeskuss der grünen Lady›.

Rolfhardt Ethelbert Ronan von Schressen schreckte übergangslos aus seinem traumlosen Schlummer auf. Der weiße Vampir hatte meist sowieso nur einen sehr leichten Schlaf.

Zudem verfügte der Wiener aristokratischer Abstammung über ein äußerst feines und scharfes Gehör. Ausgeprägte Sinneswahrnehmungen stellten, neben der weitestgehenden Unsterblichkeit, einen weiteren Vorteil des Vampirdaseins dar. Natürlich gab es auch Nachteiliges, wie zum Beispiel der Umstand, regelmäßig Blut lebendiger Wesen zu sich nehmen zu müssen. Allerdings hatte Rolfhardt dafür einen Weg gefunden, diesem Drang nachgehen zu können, ohne dafür selbst Menschen oder andere Säugetiere töten zu müssen.

Er schloss Abmachungen mit verschiedenen muslimischen und jüdischen Metzgern in London, die es hier zuhauf gab. Beim Schächten der Tiere fielen große Mengen an frischem, warmen Lebenssaft ab. Daran trank er sich ein bis zweimal im Monat satt. Mehr benötigte er, im Gegensatz zu den bösartigen Vampiren der Nacht, in der Regel nicht. Ansonsten konnte er sich völlig normal ernähren. Zum Beispiel liebte er Knoblauchbrot über alles. Vampire mit der stark duftenden Knolle abzuwehren zu können, gehörte in das Reich der Phantasie. Denn auch die finsteren Gesellen der Vampirzunft konnte man mit Knoblauchknollen nicht wirklich beeindrucken. Dabei handelte es sich um eine reine Erfindung vor allem der Filmzunft hier in London, wo die legendären Hammer-Studios wirkten, oder eben von Hollywood.

Dadurch, dass er selbst nicht tötete, um zu leben, wandelte er allerdings im Gegensatz zu den Finsterwesen als weißer Vampir auf Erden. Er konnte völlig normal am Tage leben, musste nicht in Heimaterde ruhen, und besaß auch sonst keine Anfälligkeiten wie zum Beispiel gegen Weihwasser oder auch sonstige, allgemein gegen Vampire einsetzbare Mittel. Außerdem hatte er sich mit seinen Freunden Crystal Blair und Michael Fux dem Kampf gegen die bösen Mächte des NEGEM, des Negativen verschrieben, weswegen die Kräfte des Positivem, das POSEM, ihre schützenden Hände über den Vampir hielten.

Mit seinen neuen Freunden meisterte er bereits zwei aufregende Abenteuer. Auf der Kreuzfahrt des Schreckens bekämpften sie eine Horde Schattennymphen und Satyre. Diese wie eineiige Zwillinge aussehenden Finsterwesen beabsichtigten, die Passagiere an Bord zu Todsünden zu verführen. Der Kampf auf dem Kreuzfahrtschiff MS SERPENTIA hatte ihn dabei bis an seine physischen Grenzen geführt. Ohne die selbstlose Spende von menschlichem Blut durch Crystal, Michael und dem katholischen Geistlichen O'Flaherty wäre er vermutlich gestorben.

Besonders rührte es ihn dabei, dass Michael seine kreatürliche Angst gegen den Vampir Rolfhardt überwunden hatte. Das nährte Rolfhardts Hoffnung, sich dem hübschen, jungen Mann, in den er sich bei ihrem ersten Aufeinandertreffen Hals über Kopf verliebt hatte, näher zu kommen. Noch zeigte sich Michael dahingehend etwas zurückhaltend, legte aber durchaus schon Zuneigung zu von Schressen an den Tag. Was bestimmt auch daran lag, dass es sich bei dem Vampir um einen äußerst hübsch anzusehenden Mann handelte, der einen schlanken, drahtig-muskulösen Körper vorweisen konnte, und der zudem einen knackigen Po besaß, welcher zweifelsohne in der Lage war, Nüsse zu knacken!

Ihr nächstes gemeinsames Abenteuer mussten sie dann in den Räumen der Softwarefirma Clayton Software Engineering, in South Croydon, London, bestehen. Dort trieben in der Berrymoore Street Poltergeister ihr Unwesen, die Schrecken und Todesangst verbreiteten. Mit Hilfe zweier tougher Wachmännern und den Benediktiner-Mönchen um Bruder Jonathon konnten sie dem Spuk dort letztendlich ein Ende bereiten. Nach Abschluss des Abenteuers schlossen sich die beiden Wachmänner Harrison ‹Rissi› Steerling und Malcolm McDearmitt dem Team der Geisterjäger um Crystal Blair an und zogen in Blair House ein.

Seitdem waren gute zehn Wochen vergangen, die sie nutzten, um sich von den Strapazen ihres Einsatzes zu erholen. Außerdem lernten sich die Teammitglieder während dieser Zeit besser kennen. Nun warteten sie gemeinsam darauf, dass jemand den nächsten Fall an ihre junge Firma „ESP Investigations" herantrug. Erst am Abend zuvor hatten sie die Bestandsaufnahme ihrer Ausrüstung beendet und neue Anzeigen in diversen sozialen Netzwerken und Web-Portalen geschaltet. Am späten Abend zog man sich dann kollektiv in die Zimmer zur Nachtruhe zurück.

7

Rolfhardt warf einen raschen Blick auf die Nachttischuhr. Die schwach rot leuchtenden Digitalziffern zeigten 1.30 Uhr an, also war es noch mitten in der Nacht.

Er setzte sich auf und lauschte konzentriert. Das, was er vernahm, hörte sich unzweifelhaft wie Schrittgeräusche an, wie sie entstehen, wenn nackte Füße über Holzlaminat-Böden tappten. Um einen Eindringling konnte es sich dabei schwerlich handeln. Blair House, von Crystals noch unbekanntem Vater errichtet, und zusammen mit einem schwindelerregend hohen Geldvermögen an die junge Engländerin überschrieben, stellte eine wahre Trutzburg gegen Eindringlinge im allgemeinen und Finsterwesen im Besonderen dar. Man konnte hier nicht so ohne weiteres eindringen.

Trotz dieser an sich beruhigenden Tatsache, entschloss sich Rolfhardt nachzusehen, was auf dem Flur vor seiner Zimmertür vor sich ging.

Mit einer fließenden Bewegung schlug er die Bettdecke beiseite und schwang sich, nackt wie er zu schlafen pflegte, aus dem Bett, um dann leichtfüßig zur Tür zu huschen. Der Wiener überlegte kurz, wer sich da draußen zu nachtschlafender Zeit durch den Korridor bewegen mochte. Hier im Ostflügel des Erdgeschosses von Blair House bewohnte Crystal das größte Zimmer, welches die Nummer 8 trug. Dessen Eingang lag im östlichen Quergang, genau gegenüber von der Tür zum Speiseraum. Rolfhardts eigenes Zimmer, die Nummer 7, und das von Michael, mit der Nummer 6, lagen direkt nebeneinander und hatten ihre Türen zur Verbindungsachse Ost, welche vom Süden des

Gebäudes bis zur nord-nordöstlichen Ecke führte. Er öffnete seine Zimmertür nun leise und mit Bedacht, um die Person auf dem Flur nicht zu erschrecken.

Flink schlüpfte er hinaus und just in dem Moment, als er seine Zimmertür wieder schloss, kam aus dem östlichen Quergang eine Gestalt in einem weißen, kurzen Pyjama um die Ecke gebogen und bewegte sich leise auf nackten Sohlen tappend an Rolfhardt vorbei.

«Crystal, ach du bist es ...», sagte Rolfhardt erleichtert, als er erkannte, wer sich da zu dieser nachtschlafenden Zeit durch das Haus bewegte. «Was ist den los? Kannst du nicht schla ... Crystal?»

Die Hausherrin von Blair House tappte wortlos an dem Österreicher vorbei. Obwohl sie ihre Augen weit aufgerissen hatte, nahm sie den drahtigen Mann anscheinend überhaupt nicht wahr, sondern wandte sich nach rechts, wo eine Tür in das große Eingangsfoyer mit den beiden Statuen von Crystal und ihrer Mutter Celeste führte.

Rolfhardt folgte der Engländerin verwundert und besorgt zugleich, zum einen, um zu sehen, wohin die offensichtlich schlafwandelnde Freundin wenden würde, zum anderen um aufzupassen, damit ihr in diesem somnambulen Zustand kein Leid geschah.

Im großen Foyer strebte Crystal zu Rolfhardts Erleichterung nicht dem Ausgang zu, sondern dem rückwärtigen Portal zwischen den beiden Statuen. Dieses führte in das marmorne Treppenhaus, welches sich um den großen Schacht mit dem Observatorium schmiegte, und von dem aus man sowohl ins Ober- als auch ins Untergeschoss gelangte.

Dort angekommen, stieg sie mit traumwandlerischen Sicherheit die Stufen zum Untergeschoss hinab.

«Was will sie bloß da unten?», murmelte der weiße Vampir leise fragend vor sich hin. «Sie wird doch wohl hoffentlich nicht in eines der Autos steigen?»

In der Tat befand sich im Untergeschoss die große, dreigeteilte Garage mit dreizehn Fahrzeugen der unterschiedlichsten Modelle. So gab es einen Bentley Mulsane, einen Tesla oder auch einen Lexus. Es fanden sich aber auch ein Mini und ein Smart darunter. Außer der Garage gab es unten noch den Generatorraum mit der Haustechnik, ein Tanklager für Brennstoff und Schmiermittel, ein Ersatzteillager, sowie ein Vorratslager.

Dort unten fand sich aber auch noch ein leerer Raum im rückwärtigen Teil des Geschosses. Weiß in weiß, und das einzig hervorstechende Merkmal stellte ein an der Rückwand befindlicher, zehn Meter breiter, fünf Meter tiefer und raumhoher Quader, der wie ein Wanderker wirkte, jedoch keinerlei Öffnung oder Fenster besaß. Auch er weiß, wie der ganze restliche Raum. Dieser Teil von Blair House schien keinerlei Funktion zu erfüllen.

Umso mehr erstaunte es Rolfhardt, dass genau dieser leere Raum das Ziel von Crystals nächtlicher Wanderung zu sein schien. Denn kaum hatte die rothaarige Frau die Treppe verlassen, strebte sie der hinteren Ecke der großen, pentagonförmigen, mittleren Wagenhalle entgegen. Sie umrundete dort die Stützsäule, öffnete die Tür zum leeren

Raum und bewegte sich geradewegs auf den weißen Erker zu. Ziemlich exakt vor dessen Mitte, mit der Nasenspitze nur wenige Zentimeter von der weißen Wand entfernt, blieb sie stehen, und verharrte reglos. Rolfhardt hatte kurz zuvor den Atem angehalten, weil er schon befürchtete, Crystal würde ungebremst gegen die Wand laufen. Nun atmete er erleichtert aus und näherte sich der Schlafwandlerin bis auf Armlänge an, um dann ebenfalls beobachtend zu verharren.

Er wagte nicht, sie anzusprechen. Derart aus diesem tranceähnlichen Zustand gerissen zu werden, konnte für den Schlafwandler traumatisch sein. Also wartete ab und fragte sich in Gedanken, was für eine Art Traum Crystal ausgerechnet nach hier, in den leeren Raum geführt haben mochte.

Die Träume der jungen Frau besaßen manchmal eine gewisse Brisanz. Hatte sie doch im Traum einst mentalen Kontakt zu Michael erhalten, der, wie sie, im Schloss des finsteren Earls of Cadwrigham, einem widerlichen und abgrundtief bösen Vampir, gefangengehalten wurde. Erst dadurch schafften sie zu guter Letzt ihre gemeinsame Flucht.

Ein weiterer Traum führte sie auf das Kreuzfahrtschiff MS SERPENTIA, welches Schattennymphen und Satyren heimsuchten.

Und im Traum erfuhr sie auch mehr über das traurige Schicksal ihrer verstorbenen Mutter Celeste, einer einstigen Nonne, die ihre Berufung aus Liebe zu Crystals Vater Rachmon aufgegeben hatte. Bestien des NEGEM töteten ihre Mutter. Und diese Finsterwesen waren auch hinter Rachmon her, weswegen dieser alles unternommen hatte, Informationen zu seiner Person zu verschleiern. Auch und gerade seiner Tochter Crystal gegenüber. Sogar Rolfhardt, eigentlich ein Vertrauter Rachmons, verfügte zumindest im Moment über keine Erinnerungen, die über den Namen Rachmon hinausgingen. Bruder Jonathon und der hiesige Ableger des Klosters Buckfast wusste mehr, hüllte sich diesbezüglich jedoch an das angeordnete Schweigen.

All das schoss Rolfhardt durch den Kopf, während er hinter Crystal stand, und sie aufmerksam beobachtete. Plötzlich stieß diese einen tiefen Seufzer aus, und der Mann aus Wien dachte schon, dass sie erwacht wäre.

Doch die Hausherrin befand sich weiterhin im tranceähnlichen Zustand. Allerdings wendete sie sich nun wieder von der Wand ab und schritt langsam den Weg zurück, auf dem sie zuvor hierher kam. Natürlich auch dieses Mal begleitet von Rolfhardt, der einige Schritte hinter ihr lief, und sie genau im Auge behielt.

Zu seiner Erleichterung gab es keinerlei Zwischenfälle. Crystal steuerte auf direktem Weg ihr Zimmer an, schlüpfte zurück in ihr Bett, schloss ihre Augen, drehte sich zur Seite und schlief weiter, als wäre nichts geschehen.

Rolfhardt verharrte noch einen Moment abwartend in dem Zimmer, bis er sicher sein konnte, dass Crystal auch wirklich schlief. Dann verließ er den Schlafraum, schloss leise dessen Tür und tappte auf nackten Sohlen zurück zu seinem eigenen Zimmer.

Rolfhardt schickte sich gerade an, dieses zu betreten, als erneut ein leises Geräusch, diesmal von rechts kommend, seine Aufmerksamkeit erregte.

Die Tür zu Michaels Zimmer öffnete sich, und der schlanke Deutsche trat sichtlich verschlafen auf den Gang hinaus.

„Wasnhierlos?", nuschelte er und gähnte herzhaft dazu.

Im nächsten Moment erspähte er Rolfhardt und riss sogleich überrascht die Augen ein wenig weiter auf. „Du bist ja nackt!"

„Wie du weißt, pflege ich immer so zu schlafen", erwiderte der weiße Vampir schmunzelnd.

„Warum stehst du dann auf dem Gang herum?"

„Ich hörte ein Geräusch, und als ich aus meine Zimmer herausschaute, sah ich Crystal, wie sie schlafwandelnd den Korridor entlang ging", erklärte er mit leiser Stimme, was geschehen war. „Weil man sich beim Schlafwandeln durchaus verletzen kann, folgte ich ihr kurzerhand. Dabei habe ich nicht an meine Garderobe gedacht, wie du dir sicher denken kannst."

„Na ja, schon ...", antwortete Michael und rieb sich den Schlaf aus den Augen. „Und? Was war mit Crystal?"

Rolfhardt zuckte ratlos mit seinen Schultern. „Nichts. Sie ging die Treppe ins Untergeschoss runter, bewegte sich dann in die Mitte vor der rückwärtigen Mauer und verharrte dort unbewegt für ein paar Minuten. Dann kehrte sie in ihr Zimmer zurück, ohne auch nur für einen Moment aufzuwachen."

„Und du bist dabei die ganze Zeit nackt hinter ihr

hergerannt?"

„Wohl oder übel", lautete die kurze Antwort.

Dann begann er über das ganze Gesicht zu grinsen und vollführte in Richtung von Michael eine deutende Bewegung mit seinem Kinn.

„Aber entweder ist dieser Anblick meiner nackten Pracht nicht unangenehm, oder aber es spukt in deinen Shorts …"

„Oh!", machte Michael, und schaute an sich hinunter.

Als er wieder seinen Kopf hob, grinste auch er. „So kann ich bestimmt nicht einschlafen. Ich fürchte, du wirst an mir einen Exorzismus durchführen müssen …"

„Na aber Hallo!", rief Rolfhardt erfreut aus und machte eine einladende Bewegung in Richtung seines Zimmers. „Ich werde dich mit großem Vergnügen nach Strich und Faden exorzieren! Du wirst es nicht bereuen!"

Als Michael der Aufforderung nachkam, und an Rolfhardt vorbei in dessen Zimmer schlüpfte, strahlte der Wiener Vampir vor Freude über das ganze Gesicht. Endlich öffnete sich im Michael auch für intime Nähe. Darauf hatte er seit dem ersten Tag ihrer Begegnung gehofft. Vielleicht würden sie doch noch ein Paar werden. Genau so, wie es sich der schwer verliebte Vampir herbeisehnte.

Rasch betrat auch er nun sein Zimmer, schloss die Tür. Und gleich darauf sank Michael in seine Arme …

Am nächsten Morgen reckte sich Michael wohlig, dann öffnete er langsam die Augen und blinzelte ins

Morgenlicht. Er spürte Rolfhardts warmen Körper, der sich an seinen Rücken kuschelte, den sanften Hauch seines Atems im Nacken, und den Arm, den der Wiener Aristokrat über Michaels Körper gelegt hatte.

Der junge Mann lächelte. Es fühlte sich alles gut und richtig an, als wären mit einem Schlag alle Teile eines Puzzles an die passende Stelle gefallen.

Eine überwältigende Zuneigung zu Rolfhardt erfüllte ihn. Schon seit ein paar Tagen hatte sich der Stuttgarter mehr und mehr zu dem Mann aus Österreich hingezogen gefühlt. In gleichem Maße waren seine Vorbehalte gewichen. Die vergangene Nacht hatte dann die letzten Schranken zwischen ihnen beiden eingerissen.

Rolfhardts Arm bewegte sich, und dessen Hand streichelte den nackten Brustkorb Michaels.

„Bist du schon wach, mein Hübscher?", erklang leise fragend die Stimme des Vampirs.

Michael drehte sich im Bett um und lächelte sein Gegenüber an. „Guten Morgen, Rolfhardt ...", sagte er.

„Guten Morgen, Michael", erwiderte der Wiener. „Ich wollte dir für diese unglaubliche Nacht danken. Das kam ... unerwartet. Unerwartet, aber absolut fantastisch. Wie kam ich zu dieser unverhofften Ehre? Bisher schrecktest du doch immer zurück vor zu viel Nähe?"

Der braunhaarige Deutsche spielte einen Moment lang gedankenverloren mit den blonden Locken Rolfhardts.

„Ich musste erst für mich vieles auf die Reihe bringen ...", antwortete er dann bedächtig. „Am Anfang fürchtete ich mich vor dem, *was* du bist ..."

„Na, kein Wunder. Schließlich wollte sich dich kurz zuvor ein schwarzer Vampir als Snack einverleiben", meinte Rolfhardt nachsichtig.

„Ja, eben", bestätige Michael. „Doch diese Angst konnte ich schnell überwinden. Ich habe dich als integren, fürsorglichen, beschützenden und liebevollen Mensch kennengelernt. Als jemand, der eher sterben würde, als seine Freunde im Stich zu lassen. Schon ab da fühlte ich mich zu dir hingezogen …"

„Aber?"

„Dann schüchterte mich deine Lebenserfahrung ein. Du hast schon so viel gesehen, erlebt, so viele Jahre gelebt … was konnte ich schon mit meinen paar Jährchen hier dagegensetzen? Deswegen fühlte ich mich klein und unbedeutend im Vergleich zu dir."

„Himmel, Michael – du bist alles andere als klein und unbedeutend!", entgegnete der Österreicher energisch. „Man hat dich von jetzt auf nachher aus deinem bisherigen Leben gerissen. Du wurdest fast getötet, und du sahst dich mit einer Realität konfrontiert, die den meisten Menschen auf immer verborgen bleibt. So manch anderem hätte das die Füße unter dem Leib weggezogen oder er hätte aufgegeben. Du aber nicht! Du hast dich der Dunkelheit entgegengestellt, gekämpft, gewonnen und neue Freunde gefunden, dein Leben neu geordnet. Du magst viel sein – aber niemals klein und unbedeutend!"

„Danke, das … das bedeutet mir viel, Rolfhardt. Zu dieser Einsicht bin ich in den letzten Tagen des Grübelns für mich auch gekommen. Und vergangene Nacht, auf dem Flur, als du da so standest … da wollte ich dich. Und zwar unbedingt.

Ich musste dich berühren, dich lieben, dir nahe sein! Du schenktest mir eine Nacht der liebevollen Leidenschaft und der Ekstase, wie ich sie noch nie zuvor erlebte. Als ich dann heute Morgen erwachte, da wusste ich nicht nur, dass ich dich wollte, Rolfhardt, nein, da war mir auch klar, dass ich dich brauche. Mit jeder Faser meines Körpers brauche ich dich, will ich dich. Mir ist nun klar, dass ich mein Leben mit dir teilen möchte, weil … weil … ich dich liebe!"

Rolfhardt riss ob dieser unerwarteten Eröffnung überrascht die Augen auf und hielt den Atem an. Dann schossen ihm die Tränen der Freude in die Augen, und ein erstickter Jubelruf entrang sich seiner Kehle. Er zog Michael an sich und bedeckte dessen Gesicht mit Küssen, welche dieser nur zu gerne erwiderte.

Als sie nach etlichen Minuten, und nachdem der weiße Vampir sich wieder gefangen hatte, engumschlungen im Bett lagen, sagte Rolfhardt liebevoll: „Du hast aus mir den glücklichsten Menschen der Welt gemacht, Michael. Wahrscheinlich kannst du nicht erahnen, wie glücklich ich bin. So lange habe ich schon nicht mehr aufrichtig geliebt. Seit dem Betrug durch den Mann, der mich zu einem Vampir gemacht hat, habe ich mich keinem anderen Menschen mehr wirklich umfassend geöffnet. Hunderte von Jahren … Sicher, es gab Liebschaften und Liebeleien, aber nichts Ernstes. Mein Vampirdasein hat fast jeden abgeschreckt. Doch du … gleich bei unserem ersten

Zusammentreffen vor Blair House spürte ich, du bist was Besonderes. Bei mir schlug sofort der Blitz ein, als ich dich sah. Aber so was von!

Vom ersten Moment an verliebte ich mich bis über beide Ohren in dich, ohne jedoch die Hoffnung zu haben, dass diese Liebe jemals erwidert werden könnte. Umso glücklicher hast du mich jetzt gemacht, wenn das überhaupt noch möglich ist. Michael – ich liebe Dich so sehr, wie ein Mann nur lieben kann. Ich werde immer für dich da sein, mit all meiner Kraft, Liebe und Wärme und allem, was ich sonst noch in der Lage bin, zu geben! Das verspreche ich, nein, das schwöre ich dir – bei meinem Leben!"

Zärtlich streichelte Rolfhardt Michaels kurzgeschorenes, braunes Haar bei dieser Liebeserklärung.

„Rolfhardt – ich habe ein wenig länger dazu gebraucht, aber nun weiß ich, dass du der Mann meiner Träume bist. Für keinen anderen habe ich jemals so viel empfunden. Auch ich verspreche dir meine Liebe, Kraft und Wärme und alles, was aus meinem tiefsten Inneren kommt. Apropos – was aus dem Inneren kommt … ich möchte jetzt hier nicht als Romantikbremse auftreten, aber ich müsste dringend mal auf die Toilette …"

Rolfhardt lachte hell auf. „Natürlich, keine Frage. Wir sollten sowieso langsam zum Frühstück rübergehen. Die anderen warten sicher schon auf uns!"

Rasch schlüpften die beiden Männer aus dem Bett. Michael suchte sein Zimmer auf, um zu duschen und sich anzuziehen. Kurz darauf holte er Rolfhardt von nebenan ab, und beide Männer schlenderten Hand in Hand den süd-nordöstlichen Verbindungsgang entlang, schwenkten in den östlichen Quergang ab, um gleich darauf den Speiseraum zu betreten, wo Malcolm, Rissi und Crystal bereits am großen Tisch saßen und sich gerade heißen Kaffee in große Porzellanbecher einschenkten.

Der Frühstückstisch hatte sie bereits gedeckt. In Thermoschüsseln standen Rührei, Würstchen, weiße Bohnen in Tomatensoße, gebratener Frühstücksspeck und kleine Kartoffelrösti bereit. Daneben gab es natürlich Toast und anderes Brot, Orangenmarmelade, Schokocroissants, gesalzene Butter, Marmite, Brown Sauce und eine kleine Käseauswahl.

„Oha – ich glaube, da hatten zwei eine ereignisreiche Nacht!", rief Malcolm McDearmitt aus, als er die beiden Männer Hand in Hand den Speiseraum betreten sah. „Hat es endlich zwischen euch beiden gefunkt? Das wurde aber auch Zeit!"

«Das will ich meinen!», fügte Rissi freudestrahlend hinzu. «Ihr habt euch zuletzt so angeschmachtet, dass man es fast nicht mehr aushielt!»

„Ist das wahr?", rief Crystal überrascht und machte großen Augen dazu.

„Ja, es ist wahr", übernahm Rolfhardt das Antworten, und er tat dies mit einem strahlenden Lachen über das ganze Gesicht. „Michael hat mich erhört. Mein Traum ist wahr geworden. Wir sind nun offiziell ein Liebespaar!"

„Wie schön!" Crystal klatschte entzückt in die Hände, sprang auf, kam um den Tisch herum und umarmte die beiden Männer nacheinander. „Ihr seid ein wunderbares Paar! Ich freue mich aus ganzem Herzen für euch beide!"

„Na ja …", meinte Michael ein wenig verlegen, „… das es heute Nacht letztendlich gefunkt hat, verdanken wir auch ein bisschen dir …"

„Öh – mir?" Die junge Britin blinzelte überrascht. „Wie komme ich zu dieser Ehre?"

„Wegen deines nächtlichen Ausfluges …"

„Nächtlicher Ausflug?" Sie schaute verständnislos drein, als sie diese Worte wiederholte. „Ich verstehe nicht ganz … ich habe doch letzte Nacht mein Bett nicht verlassen!"

„Das stimmt nicht so ganz, meine Liebe", sagte Rolfhardt und schilderte ihr anschließend in aller Kürze das nächtliche Geschehen.

Nachdem Crystal den Bericht ihres Nachtausfluges gehört hatte, ließ sie sich verdattert auf den nächstbesten Stuhl sinken.

„Ach du meine Güte – davon habe ich wirklich überhaupt nichts mitbekommen!", sagte sie dann ein wenig erschüttert. „Im Gegenteil! Ich hätte euch sämtliche Eide geschworen, dass ich mein Zimmer nicht verlassen habe. Allerdings sehe ich jetzt auch den seltsamen Traum, den ich letzte Nacht hatte, mit anderen Augen!"

„Um was ging es denn in diesem Traum?", wollte Michael von der gemeinsamen Freundin wissen, während er sich auf dem Stuhl neben Crystal niederließ und sich Rührei, Speck, Würstchen und Tomaten auf den Teller füllte. Auch Rolfhardt nahm am Esstisch Platz. Er langte über den Tisch hinweg und schob Crystal ihren Kaffeebecher und den

20

Frühstücksteller zu.

Diese nickte dankend, nahm ihre Becher in die Hand und trank einen Schluck des schwarzen Gebräus.

„Es fühlte sich seltsam an ...", begann sie anschließend von ihrem Traum zu berichten. „Irgendetwas ... nein, falsch, *irgendjemand* schien mich zu rufen."

„Jemand? Eine bestimmte Person?", stellte Harrison ‚Rissi' Steerling eine Zwischenfrage.

„Ja und nein ..." Crystal fuhr sich mit der Hand durch ihr schulterlanges, kupferrotes Haar. „Die Stimme klang zwar merkwürdig vertraut. Doch andererseits blieb mir dieses dunkle, männliche Timbre fremd. Dieser Jemand rief mich jedenfalls immer wieder bei meinem Namen, verbunden mit der Aufforderung, irgendwohin zu kommen."

Sie nippte erneut an ihrem Kaffee, bevor sie dann fortfuhr, zu erzählen: „Das Rufen ist im Traum immer drängender geworden, darum stand ich dann auf, um ihm zu folgen. Es führte mich über ein endloses, weißes Plateau, überdacht vom schwarzen Sternhimmel. Auf diesem Plateau schien es nichts zu geben, bis plötzlich weit vor mir eine orange strahlende Tür erschien.

Noch während ich auf diese Tür zuschritt, öffnete sie sich und gab den Blick auf eine Art Strudel aus Licht und Schatten frei. Dieses Schauspiel zog mich magisch an. Doch an der Türschwelle stoppte ich, unfähig, auch nur einen Schritt weiter zu tun.

Ich weiß nicht, wie lange ich auf diese Weise verharrte, als plötzlich die Stimme wieder erklang, die rief „Du bist noch nicht bereit". Dann verschwand alles um mich herum, und ich wachte auf, als mein Wecker klingelte. Das ich tatsächlich durch das Haus wandelte, habt erst ihr mir gesagt."

„Du bist noch nicht bereit …?" Malcolm legte die Stirn in Falten, als er diese Worte wiederholte. „Für was nicht bereit?"

Crystal zuckte ratlos mit ihren Schultern. „Tja, wenn ich das wüsste! Ich frage mich auch, warum mich dieser Traum ins Untergeschoss in den hinteren Raum geführt hat."

„Der einzige Raum ohne erkennbaren Zweck in diesem Riesenhaus", fügte Michael hinzu. „Vollkommen leer. Keine Steckdosen oder andere Anschlüsse, lediglich Deckenlicht gibt es dort. Was also, sollte dort unten zu finden sein. Im Traum standest du vor einer offenen Tür, unten im Raum vor der kahlen Rückwand, nach Rolfhardts Bericht."

„Na ja …", antwortete Crystal zögerlich. „Das ganze Haus wurde von meinem Vater als Bollwerk gegen finstere Mächte konzipiert und errichtet. Alles hat seinen Zweck. Auch der leere Raum muss einen solchen haben, sonst hätte mich mein Traum nicht dorthin geführt. Offensichtlich offenbart sich mir, oder besser gesagt, uns, dieser Zweck erst, wenn ich bereit bin. Zu was auch immer!"

„Noch eines der vielen Geheimnisse deines unbekannten Vaters Rachmon", fasste Rolfhardt zusammen. „Aber da er auf der Seite des POSEM steht, wird dieses Geheimnis keine Bedrohung für uns darstellen. Lösen können wir es im Moment jedenfalls nicht. Also sollten wir einfach mal abwarten. Früher oder später klärt sich das sicher auf. Jetzt frühstücken wir aber erst einmal. Danach besprechen wir den Tag. Denn ich weiß nicht, wie es auch ergeht, aber nach dieser in doppelter Hinsicht aufregenden Nacht habe ich erst mal Bärenhunger!"

Dem hatten die anderen der Gruppe nichts entgegenzusetzen, und so langten sie alle erst einmal tüchtig zu. Crystals seltsames Erlebnis in der Nacht rückte dabei schnell wieder in der Hintergrund und andere Themen bestimmten die morgendlichen Gespräche.

„Also gut …", hob Crystal die Tafel auf, nachdem sie ihr Frühstück beendet hatten. „Wir treffen uns dann in einer Stunde im Konferenzraum und gehen die Pläne für den Tag durch."

„Machen wir", stimmte Rolfhardt zu. Und während sich alle vom Tisch erhoben, fügte er hinzu: „Ich räume den Tisch ab und mache sauber. Ihr habt ja schon das Frühstück so gut vorbereitet!"

„Und ich helfe meinem Mann dabei!", meldete sich Michael und fing an, die leeren Teller übereinanderzustellen.

Rolfhardt lächelte glücklich, als der junge Deutsche diese Worte mit einer aufrichtigen Selbstverständlichkeit sagte. Es kam dem lange Jahre so einsamen Vampir immer noch wie ein Traum vor. Ein Traum, aus dem er nie wieder aufwachen wollte.

Exakt eine Stunde später traf sich das Team im Konferenzraum im gegenüberliegenden Teil des Erdgeschosses von Blair House wieder. Nachdem alle sich nochmal mit Kaffee aus dem Vollautomat auf dem Sideboard des Raumes versorgt und Platz genommen hatten, eröffnete Crystal die Zusammenkunft des Teams von „ESP Investigations Ltd."

„Gleich vorneweg: Ein neuer, spannender Fall steht akut nicht an. Jedenfalls ist bisher noch nichts hereingekommen. Oder, Michael?"

Der Befragte schüttelte seinen kurzgeschorenen Kopf: „Über das Kontaktformular gingen bisher 23 Anfragen ein", gab er Auskunft. „Davon konnten 20 gleich als Unsinn oder Kinderkram aussortiert werden, was ich in Zusammenarbeit mit meinem Mann gemacht habe. Lediglich drei Anfragen sollte man sich etwas genauer ansehen. Möglicherweise liegt hier ein Fall von Spuk vor. Bei zwei anderen könnten Poltergeister am Werk sein. Ich habe die Infos an die Tablets von allen geschickt."

„Angesichts der Tatsache, dass die neue Website erst seit zwei Tagen aufgeschaltet ist, möchte ich meinen, dass die Resonanz schon mal nicht schlecht ist", kommentierte Rissi Michaels Bericht.

„Dem stimme ich zu", meldete sich Malcolm zu Wort. „Seit dem Upload hat man unsere Homepage bereits 258-mal angeklickt. Heute Mittag bringe ich noch unsere Facebook-Seite, den Twitter-Account und unser Instagram-Portal an den Start. Das sollte die Bekanntheit unseres Unternehmens noch weiter steigern."

„Das hört sich doch gut an", freute sich Crystal. „Wunderbar, dass wir hier einen patenten Netz-Freak am Start haben!"

„Es macht mir Spaß, mich damit auszutoben!"

„Tobe dich ruhig aus", lachte die junge Frau. Dann wandte sie sich an Rissi: „Hast du dir den beabsichtigten Überblick über unseren KFZ-Bestand und die Haustechnik verschaffen können?"

„Habe ich", lautete die Antwort. „Da ist alles in tadellosem Zustand. Generator für Notstrom, Kommunikationszentrale, gesicherte Wasserversorgung – alles Top! Alle Brenn- und Schmierstofftanks sind voll. Der Vorrat reicht einige Monate. Und dann die Autos! Da kann man schwach werden, wenn man durch die Wagenhallen geht. Und es wird einem schwindelig angesichts der Werte, welche sich da unten verbergen! Jedes einzelne Fahrzeug ist in perfekter Verfassung und absolut einsatzbereit."

"Mir wird auch jedes Mal noch schwummrig, wenn ich an die riesigen Vermögenswerte denke, die mir mein Vater zur Verfügung gestellt hat", gab Crystal zu. „Bestimmt schon 1000 Mal habe ich mich gefragt, wie er das schaffen konnte. Obwohl – vielleicht sollte ich gar nicht wissen, wie …"

„Hast du denn nun endlich einen genauen Überblick?", wollte Michael wissen. „Du hast ja Tage bei diesem Vermögensverwalter verbracht. Wie hieß er noch gleich ..?"

„Patal Banerjee. Ein ausgesprochen hübscher Inder. Der sieht absolut hinreißend aus!"

„Ach ja? Ich glaube, ich begleite dich beim nächsten Mal dorthin!", scherzte Rolfhardt.

„He, willst du mich etwa eifersüchtig machen?", beschwerte sich daraufhin Michael umgehend bei seinem Freund.

„Wärst du denn eifersüchtig?", fragte Rolfhardt augenzwinkernd zurück.

„Und wie! Ich möchte dich und deinen göttlichen Körper mit niemanden teilen!"

„Das ist Musik in meinen Ohren, mein Schatz!"

„Könntet ihr zwei Turteltauben mich bitte weiter berichten lassen?", ging Crystal den beiden verliebten Männern dazwischen.

„Oh, entschuldige. Es ist alles noch neu und aufregend!", sagte Michael rot werdend.

„Es sei entschuldigt. Wo bin ich gleich nochmal stehengeblieben?"

„Bei dem hinreißenden Inder", half ihr Malcom grinsend auf die Sprünge.

„Ach ja, Patal Banerjee … Rachmon selbst hat ihn als Verwalter des Blair'schen Vermögens eingesetzt. Und obwohl er noch keine 30 ist, hat er schwer was auf dem Kasten. Nach seinen Aussagen habe ich direkten Zugriff auf rund 70 Millionen Pfund. Die stehen also zur freien Verfügung. Daneben sind 430 Millionen Pfund angelegt, die pro Jahr nach Abzug der Zinsertragssteuer 21 Millionen Pfund an Zinsen einbringen, von denen fließen 11 Millionen in einen Fond, aus dem laufenden Investitionen und Aufwand für Gebäudebesitz etc. fließen. Der Rest wird dann wieder der freien Verfügung zugefügt. Daneben gibt es noch eine erhebliche Anzahl von Immobilien wie Häuser oder Firmengebäude. Außerdem Beteiligungen an verschiedenen Firmen. Ich besitze doch tatsächlich drei komplette Etagen im ‹The Shard›!"

„Ist nicht dein Ernst!", brach es aus Michael vor, und auch die anderen tauschten beeindruckte Blicke aus.

„Doch! Ist aber so! Und da gibt es ein paar leerstehende Büroflächen, wo wir unser offizielles Firmenbüro einrichten werden. Allein das wird für die Leute schon beeindruckend sein. Blair House eignet sich ja nicht. Wegen des umfassenden Magieschutzes können es die Normalbürger genauso wenig sehen oder wahrnehmen, wie die Kräfte des NEGEM!"

„Es sei denn, sie bekämen von dir eine ausdrückliche Einladung", merkte Rolfhardt an. „Wäre aber etwas unpraktikabel ...", fügte er dann einschränkend hinzu. „Und jeder würde dann auch noch eine Erklärung haben wollen. Da ist The Shard schon die bessere Adresse."

„So sehe ich das auch", sagte Crystal. „Deswegen habe ich schon mal alles dafür von Patal in die Wege leiten lassen. Er wird uns auch eine Sekretärin besorgen, da wir ja meistens unterwegs sein werden."

„Ist das eine gute Idee, diesen Patal nach Personal suchen zu lassen?", wandte Rissi ein und kratze sich mit nachdenklicher Miene im Nacken.

„Ich kenne meinen Vater zwar noch nicht, aber er vertraut ihm", legte die rothaarige Frau ihre Beweggründe in Kurzform offen. „Also vertraue ich ihm auch. Er weiß, was wir machen. Also wird er jemand finden, der zu uns passt, da bin ich sicher. Apropos Personal … ich habe für euch jeweils ein Gehaltskonto einrichten lassen, auf das euer monatliches Gehalt überwiesen wird. Sozialversicherung und Kranken- und Rentenversicherung sind auch angemeldet, so dass ihr nun offiziell Angestellte von ESP Investigations Ltd. seid. Konto- und Kreditkarten erhaltet ihr in den nächsten Tagen, ebenso wie die Sozialversicherungsausweise. Für Michael und Rolfhardt wurden auch alle Formalitäten im Zusammenhang mit dem Brexit geklärt. Euer Aufenthaltsstatus ist damit geregelt, und er gilt unbeschränkt. Ihr alle bekommt von mir ein Nettogehalt von 7000 Pfund monatlich, Spesen gehen extra, Kost und Logis in Blair House sind natürlich frei. Falls es mal nicht reichen sollte, einfach sagen. Geld ist schließlich genug da. Ist das OK für Euch?"

«Das ist …», begann Malcolm, doch dann fehlten ihm die Worte.

Rissi sagte gar nichts, sondern raufte sich vor Aufregung die karottenroten Haare.

Auch Michael rang nach Worten. «Boah ey …», brach es schließlich aus ihm hervor. «Ob das OK ist? Das plättet mich absolut! Ich hätte nie gedacht, dass ich mal so viel verdienen würde! Das sind ja fast 7700 Euro! Und ob das OK ist!»

Rolfhardt pflichtete seinem Partner bei. «Du bist sehr großzügig, Crystal. In meinem langen Leben sind fast alle Jobs, die ich hatte, schlechter bezahlt gewesen. Ohne mein bescheidenes Familienvermögen im Hintergrund hätte ich manches Mal am Hungertuch nagen müssen. Dagegen ist dein Angebot absolut fürstlich und ich bedanke mich dafür bei dir!»

«Nicht der Rede wert ...», wehrte Crystal rot werdend ab. «Ich betrachte euch als meine Familie. Und unser Job ist nicht ungefährlich. Es soll euch an nichts fehlen. Das ist mir wichtig!»

«Apropos Familie ... konnte dir dieser Patal Banerjee irgendetwas über deinen Vater berichten?», erkundigte sich Michael. «Du hast da schließlich gesagt, Rachmon hätte ihn selbst in seine Funktion eingesetzt.»

Crystal schüttelte jedoch mit bedauerndem Gesichtsausdruck ihren hübschen Kopf.

«Leider nein, obwohl ich Patal mehrmals in dieser Richtung befragt habe. Er setzte dann zwar immer zu einer Antwort an, doch dann bekam er glasige Augen, verstummte und erstarrte für einen Moment, um mich dann unvermittelt zu fragen, ob ich nicht gerne eine Tasse Tee hätte. In der Summe wären aus diesen Tassen dann bestimmt fast zwei Kannen geworden ...»

Gelächter brandete auf. Als sich die Freunde wieder beruhigt hatten, meinte Rolfhardt: «Das passt ins Bild! Rachmon hat alles um seine Person effektiv und magisch verschleiert. Ich weiß, dass ich ihn kenne, denn ich sollte ja ein Auge darauf haben, wenn du, Crystal, hier eintreffen würdest. Immerhin hat mir das meine große Liebe eingebracht. Aber ich kann mich an nichts anderes im Zusammenhang mit deinem Vater erinnern. Nicht mal wie er aussieht weiß ich noch.»

«Wir wissen, dass die Mächte der Finsternis ihn jagen, aus welchen Gründen auch immer», rief Crystal nochmal einige Fakten ins Gedächtnis. «Diese Kräfte des NEGEM haben ja auch meine Mutter auf dem Gewissen. Und deswegen machte er aus Blair House ja auch so eine Festung. Im ganzen betrachtet, können einem diese Umstände schon etwas Furcht einjagen.

Auch Furcht davor, wer mein Vater wirklich ist. Warum kann ich manchmal im Schlaf Kontakt mit anderen auf geistiger Ebene herstellen? Warum spüre ich das Böse? Wieso kann ich mein Äußeres verändern, wenn's auch nur die Haare sind? Bisher jedenfalls. Von meiner Mutter habe ich das sicherlich nicht geerbt. Womöglich ist das auch noch nicht alles. Da habe ich so eine unbestimmte Vorahnung ...»

«Wir werden diese Rätsel alle lösen», rief Rolfhardt in überzeugtem Tonfall, auch, um Crystal aus ihren grüblerischen Gedanken herauszuholen. «Zusammen und zu gegebener Zeit. Was steht heute noch auf dem Programm?», wechselte er abrupt das Thema.

«Ich habe vor, in die Stadt zu fahren, um mir die Büroräume in ‹The Shard› anzusehen», sagte Crystal.

«Es wäre mir recht, wenn Malcolm und Rissi mitkämen. Dann können wir gleich alles ausmessen und überlegen, welche Möbel und welches Material wir benötigen, und wie das Computerequipement aussehen soll. Du und Michael solltet die drei Fälle, von denen Michael berichtet hatte, noch einmal genauer in Augenschein nehmen. Und die Stellung halten, denn heute Nachmittag wollten Bruder

Jonathon und ein paar seiner Mitbrüder vorbeikommen und die nötigen Gartenarbeiten in Angriff nehmen. Außerdem wollen sie die Lebensmittelvorräte auffüllen. Ist das soweit in Ordnung für euch?»

«Klar!», antworteten Rolfhardt und Michael fast unisono, und zudem so schnell, dass es für ein wissendes Lächeln bei den anderen sorgte.

Kurz darauf verschwanden Crystal, Malcolm und Rissi im Untergeschoss, um mit einem der Wagen aus dem reichhaltigen Fundus in die Innenstadt von London zu fahren.

Kaum, dass die Drei Blair House verlassen hatten, wandte sich Michael an Rolfhardt.

«Was meinst du? Sollen wir gleich über den drei Fällen brüten? Oder gehen wir erst auf dein Zimmer, reißen uns die Kleider vom Leib, fallen übereinander her, und widmen uns anschließend unserer Arbeit?»

Der Wiener Vampir grinste, zog Michael für einen leidenschaftlichen Kuss an sich und sagte leise: «Ich stimme auf jeden Fall für Möglichkeit Zwei!»

Dann setzte er sich in Bewegung und zog den Freund mit sich, um gemeinsam mit ihm in seinem Zimmer zu verschwinden.

Als sie sich später erhitzt voneinander lösten, und heftig atmend nebeneinander im Bett auf dem Rücken lagen, meinte Michael: «Das war herrlich, Liebling. Wenn es doch nur ewig so sein könnte!»

«Wenn es nach mir geht, wird es so sein», sagte Rolfhardt sanft, drehte sich auf die Seite und küsste Michael auf die Stirn.

«Na ja ... für dich wird es so sein. Aber wenn wir verheiratet sind, und beieinanderbleiben, dann werde ich im Gegensatz zu dir langsam altern und neben dir verwelken.»

«Ich kann das für dich aufhalten, Michael ...»

Der junge Mann schaute Rolfhardt fragend an. «Indem ich auch zum Vampir werde?»

«Gott bewahre, nein!», entgegnete der Wiener entschieden. «Das würde ich dir niemals antun. Aber wenn ich regelmäßig von deinem Blut trinke, gelangen Stoffe aus meinem Kreislauf in deinen. Dadurch regenerierst du unglaublich schell, und dein Alterungsprozess verlangsamt sich rapide. Das ist mein Geschenk der Liebe, dass ich dir machen kann!»

«Und wie oft müsstest du von meinem Blut trinken, und tut das weh?», erkundigte sich der Deutsche unsicher.

«Zwei, drei Mal im Vierteljahr müsste es mindestens sein», antwortete Rolfhardt bereitwillig. «Die Menge des Blutes läge unter dem, was man bei einer Blutspende entnimmt. Schmerzen bereitet es dir auch nicht. Im Gegenteil, wenn wir das ins Liebesspiel integrieren, würde es dir eine orgiastische Lust bereiten. Aber es ist allein deine Entscheidung, ob du das möchtest, oder nicht. Ich liebe dich und bleibe bei dir, egal wie alt du bist. Vor allem ... Moment! Hast du gerade gesagt, *wenn wir verheiratet sind*?»

«Ja, so in etwa habe ich es gesagt! Ich dachte schon, du merkst das gar nicht!», antwortete Michael amüsiert.

«Du willst mich heiraten?» Rolfhardt starrte den jungen Mann an seiner Seite aus großen Augen an.

«Seit ich mir sicher bin, dass wir zusammengehören, sehne ich mich auch danach, es richtig fest und offiziell zu machen. Natürlich nur, wenn du das auch möchtest. Ist ein großer Schritt für uns beide!»

Wieder schossen Rolfhardt die Tränen in den Augen, und die Lippen beider Männer verschmolzen erneut zu einem innigen Kuss.

«Das ist fast zuviel für einen alten Mann wie ich», sagte er dann gerührt. «Ja, ich möchte dich auch heiraten. Unbedingt sogar!»

«Na dann ... tun wir ein bisschen was für meine Jugend», sagte Michael spitzbübisch grinsend. «Wie war das doch gleich mit dem Biss beim Liebesspiel ...?»

«Ich werde es dir zeigen, mein Schatz! Komm in meine Arme ...»

Als sie sich erneut voneinander lösten, war der Vormittag weit vorangeschritten. Sie hatten kurz zusammen geduscht und Rolfhardt verschwand in der Küche, um ihnen ein Mittagessen zuzubereiten.

Michael zog sich fröhlich summend an. Sein zukünftiger Ehemann hatte ihm nicht zuviel versprochen. Der Biss beim Liebesspiel katapultierte ihn in Höhen der Lust, die er bis dato nicht gekannt hatte. Sein Körper vibrierte jetzt noch nach dieser Erfahrung.

Er konnte selbst noch kaum fassen, wie freimütig er sich in diese Erfahrung gestürzt hatte. Im Spiegel des Bades betrachtete er die beiden Bissmale an seinem Hals. Doch bereits jetzt wirkten sie nur noch wie zwei kleine, verheilte Insektenstiche und man konnte zusehen, wie die Rötung mehr und mehr nachließ. Ich wenigen Minuten sah man sicherlich nicht mehr die kleinste Kleinigkeit. Und wie Rolfhardt vorhergesagt hatte, fühlte sich Michael absolut frisch und vital, wie kaum zuvor.

Beschwingt und mit federndem Schritt begab sich der Stuttgarter gleich darauf in den ersten Stock von Blair House, auf welchem sich der Computerraum befand. Er suchte die drei als einigermaßen interessant eingestuften Anfragen heraus und begann damit, im Internet zu recherchieren, um herauszufinden, ob es zu den geschilderten Vorfällen Informationen aus weiteren Quellen gab. Er arbeitete konzentriert etwa eine knappe Stunde lang, bis sich sein zukünftiger Ehemann über Haussprechanlage meldete, um ihm mitzuteilen, dass das Mittagessen fertig sei und er in den Speiseraum kommen sollte.

Michael sicherte seine Dateien, fertigte noch ein paar Ausdrucke an, um dann anschließend den Computerraum zu verlassen und sich zum Aufzug Drei zu begeben, welcher den ersten Stock mit dem Erdgeschoss verband. Dieser Lift befand sich an der nördlichen Spitze des inneren Pentagons von Blair House. Dessen Kern wurde vom großen Observatorium eingenommen. Auf der Ost- und Westseite gab es außerdem noch zwei Treppenhäuser. Das westliche führte vom Erdgeschoss nach oben, das östliche hinunter ins Untergeschoss, in die große Wagenhalle, die den Platz unterhalb der Teleskopbasis einnahm.

Von der runden Aufzugkabine nahm der ehemalige Versicherungsmakler den direkten Weg zum Speisezimmer und traf vor dem Eingang auf Rolfhardt, welcher gerade mit einer großen Auflaufform aus der Küche kam.

«Machst du mir mal die Türen auf, mein Liebling?», bat der Wiener seinen Mann.

«Hm, das riecht aber gut», sagte Michael, während er ihm bereitwillig die Tür öffnete. «Was gibt es denn leckeres?»

«Nudelgratin mit Schinken und Gemüse, nach eigenem Rezept. Dazu gemischten Salat und ein Glas kalten, trockenen Weißwein.»

«Das hört sich sehr appetitanregend an. Bin schon gespannt, wie es schmeckt. Außerdem habe ich einen Mordshunger!»

«Was auch daran liegen dürfte, dass wir das ‹Dessert› vorneweg genossen haben ...»

Michael lachten glockenhell auf, und er zog einen der Stühle vom Esstisch weg, um sich darauf niederzulassen, als plötzlich etwas völlig unerwartetes geschah: Es läutete! Die beiden Männer schauten sich überrascht an, und sie benötigten einen Moment, zu realisieren, dass es wirklich die Türglocke war, die sich gemeldet hatte. Die hörten sie nämlich gerade zum ersten Mal! Denn Blair House ließ sich von den Bewohnern allein dadurch öffnen, dass sie vor dem Hausportal daran dachten. Ein normales Schloss besaß die Tür gar nicht. Das hatte Crystals Vater Rachmon so eingerichtet.

«Nanu?» Michael warf seinem Freund einen verblüfften Blick zu. «Wer kann das sein? Jonathon und seine Leute vielleicht?»

«Ausgeschlossen!», entgegnete Rolfhardt und strebte dem Ausgang des Speiseraums zu, der direkt auf die Süd-Nordost-Achse führte. «Jonathon benötigt so wenig einen Klingelknopf, wie wir.»

«Stimmt ja», sagte Michael, während er Rolfhardt folgte. «Der kann die Tür ja ebenfalls aufdenken. Aber wer könnte sonst geklingelt haben? Erwarten wir denn jemand? Es kann ja nur einer sein, der von Crystal eine förmliche Einladung bekommen hat, sonst wäre Blair House ja unsichtbar für denjenigen.»

«Es besteht aber auch die Möglichkeit, dass es jemand ist, der zuvor schon Zutritt zum Haus hatte», gab Rolfhardt zu bedenken. «Aber genau wissen wir es erst, wenn wir nachgesehen haben.»

«Ist das eine gute Idee, einfach so die Türe aufzumachen?» Michael hatte eine skeptische Miene aufgesetzt.

«Was soll schon passieren?», wischte der Wiener den Einwand lachend beiseite. «Es kann nur jemand sein, der um die Besonderheiten des Hauses weiß. Und sollte es ein Bösewicht sein, machen wir ihn kurzerhand fertig. Ich beiße ihn und du verkaufst ihm eine Versicherung! Du sollst sehen, der rennt davon wie ein Hase!»

Bei dieser Vorstellung musste auch Michael lachen.

Gleich darauf hatten sie die riesige Eingangshalle durchquert und standen nun vor dem großen Hauptportal. Rolfhardt hielt sich auch nicht lange auf. Da er von innen die Tür nicht ‹aufdenken› musste, griff er beherzt den hölzernen Griff der rechten Portalhälfte und zog die Tür auf. Die Überraschung war groß, als sie sahen, wer da draußen vor der Tür stand.

«Pater O'Flaherty!», rief Michael freudestrahlend. «Na, das ist ja eine Überraschung!»

Er trat vor die Tür und schüttelte freudig die Hand des irischen Geistlichen.

«Ich hoffe, es ist keine Unangenehme!», antwortete der 1.81 Meter große Mann und erwiderte den Händedruck des Deutschen. «Schön, dich zu sehen, Michael! Hallo Rolfhardt! Wie geht es euch?»

Nun schüttelte auch der weiße Vampir begeistert Pater O'Flaherty die Hand.

«Ich freue mich, dich zu sehen, Patrick!», begrüßte er den Geistlichen des 2000-Seelen-Örtchens Warwick in Nordost-Irland.

«Hast du dich denn von deinen Schäfchen loseisen können? Warum hast du denn vorher nicht angerufen, wir hätten dich doch vom Flughafen abholen können!»

«Ich wollte keine Umstände machen, zumal ich mich recht kurzfristig entschlossen habe, nach London zu fliegen. Allerdings hat mir der Taxifahrer nachgeschaut, als ob er mich für verrückt hält, als ich unten an der Straße ausstieg.

Ich weiß ja, dass die Anderen nur eine Brache sehen. Aber ein komisches Gefühl ist das schon!»»

«Aber das wären doch keine Umstände für uns gewesen!», rief Rolfhardt. «Jemanden, der mit dazu beigetragen hat, mein Leben zu retten, weil er mir sein Blut gab, hätte ich zu Fuß vom Mount Everest abgeholt. Komm rein in unsere bescheidene Hütte. Ich nehme deinen Koffer. Den stellen wir erstmal in der Halle ab.»

«Danke, das ist nett von dir.»

«Hast du Hunger?», erkundigte sich Michael, während er hinter seinem Mann und Pater O'Flaherty die Tür schloss. «Wir wollten gerade zu Mittag essen. Mein Mann hat ein leckeres Nudelgratin zubereitet. Du bist natürlich herzlich eingeladen!»

«Dein Mann? Soll das heißen, du und Rolfhardt ...?»

«Ja, Patrick», bestätigte Rolfhardt und legte seinen freien Arm um Michaels Schulter. «Er hat endlich ‹Ja› gesagt! Wir werden heiraten. Ich bin der glücklichste Mensch der Welt!»

«Das freut mich aber für euch Beide!» O'Flaherty schüttelte beiden begeistert die Hände zur Gratulation. «Man hat ja schon auf der MS SERPENTIA kaum übersehen können, wie sehr du in Michael verliebt warst, Rolfhardt. Michael war's aber auch in dich. Er wusste es zu dem Zeitpunkt nur noch nicht, aber das da etwas vorging, merkte man ihm an.»

«Wirklich?» Der Stuttgarter machte große Augen. «Du hast aber eine gute Menschenkenntnis! Ich weiß es selbst erst seit kurzer Zeit. Dafür kam es aber mit voller Wucht mitten ins Herz!»

«Die Menschenkenntnis bekommt man zwangsläufig in meinem Beruf», sagte der Geistliche augenzwinkernd.

Dann musterte er neugierig seine Umgebung. «Von wegen ‹bescheidene Hütte›! Das ist ja wirklich ein Riesenhaus!», rief er dann aus. «Ich habt ja auf dem Schiff schon ein bisschen erzählt, aber die Realität wirft einen ja fast um.

«Dabei ist das hier nur die Eingangshalle», lachte Michael. «Mich hat das am Anfang auch fast erschlagen. Aber man gewöhnt sich dran. Von West nach Ost ist das Haus an der weitesten Stelle 60 Meter breit, von Nord nach Süd sind es 50 Meter. Es gibt noch ein Obergeschoss und eine untere Etage. Aber wir essen erst mal, eine Führung durchs Haus machen wir dann hinterher. Bis dahin werden wohl auch Crystal und unsere Mitarbeiter Malcolm und Harisson wieder hier sein. Die drei sind gerade geschäftlich in London unterwegs.»

Während des Mittagessens unterhielten sie sich angeregt und erzählten dem Pater vor allem von ihrem Einsatz bei CSE in der Berrymoore Street, wo sie einen hartnäckigen Poltergeist vertreiben mussten. O'Flaherty konnte kaum fassen, was ihm die beiden Männer von diesem Einsatz berichteten.

Kurz darauf traf auch Bruder Jonathon mit ein paar seiner Mitbrüder ein, welche sich um notwendige Gartenarbeiten kümmern wollten. Natürlich tauschten sich der Mönch und

39

der Pater lebhaft aus und so bekam O'Flaherty noch mehr Information über den Poltergeist bei der Software-Firma im Süden Londons. Jonathon und seine Brüder hatten hier ja auch tatkräftig mitgewirkt. Später gesellte Jonathon sich zu seinen Mitbrüdern, die draußen in der sorgsam gehegten Gartenanlage werkelten.

Den Fünf-Uhr-Tee nahmen O'Flaherty, Michael und Rolfhardt in der Bibliothek ein. Dort gab es eine Teemaschine und genügend Sitzgelegenheiten. Michael hatte noch schnell etwas Teegebäck aus der Küche besorgt. Sie gossen sich gerade den frisch aufgebrühten Earl Grey ein, als sich die Tür zur Bibliothek öffnete. Crystal, Malcolm und Rissi kamen herein, und Crystal rief noch unter der Tür: «Wem gehört denn das Gepäck in ...» In diesem Moment erspähte sie die leicht untersetzte Gestalt im grauen Anzug auf einem der Sessel sitzend.

«Patrick!», rief sie entzückt aus. «Das ist ja mal eine gelungene Überraschung! Wenn ich das gewusst hätte, wären wir viel früher aus der Stadt zurückgekommen. Warum hast du uns denn nicht vorab Bescheid gegeben!»

Sie umarmte den Iren, der sich zur Begrüßung aus seinem Sessel erhoben hatte, mit ganzer Herzlichkeit. Dann stellte sie ihm rasch Malcolm und Rissi vor. Anschließend nahmen die drei Neuankömmlinge auch Platz und bedienten sich am Tee.

«Nun, was führt dich wirklich nach London-Richmond, in den Longfield Drive. Sag nicht, es ist die Nähe von Kew Gardens! Ich spüre, dass etwas drängenderes hinter deinem Besuch steht – über den wir uns ausnahmslos alle freuen!»

O'Flaherty betrachtete die hübsche junge Frau für einen Moment sinnend, dann lächelte er breit.

«Du hast nichts von deiner Sensitivität verloren, meine Liebe», sagte er dann sanft. «Und du kommst gleich zum Kern der Sache. Dann möchte ich auch nicht lange um den heißen Brei herumreden. Den Wunsch, euch hier in diesem ... diesem Palast zu besuchen, hegte ich schon seit dem Verlassen der MS SERPENTIA. Unser gemeinsamer Kampf gegen die Schattennymphen und Satyre hatte mich doch sehr aufgewühlt. Mehr, als ich es für möglich hielt. Zum ersten Mal hatte ich das Gefühl, wirklich und wirksam gegen das Böse auf der Welt vorgehen zu können.» Er hielt kurz inne und überlegte.

«Die Arbeit in der Gemeinde hat seinen eigenen Reiz. Aber oftmals erreicht man heutzutage die Herzen der Menschen gar nicht mehr. Es fühlt sich an, als predigte man gegen leere Wände. Mit euch aber habe ich etwas bewegt!»

«Klingt so, als wolltest du dich dem Kampf gegen das NEGEM anschließen», unterbrach Michael den Geistlichen. «Ich meine, so wie wir das praktizieren.»

Der Ire atmete einmal tief durch, bevor er zu einer Antwort ansetzte.

«Ja ... nein ... ja ... ach, es ist kompliziert.»

«Kompliziert?» Rolfhardt schaute den Mann, der jetzt heftig mit der rechten Hand sein Kinn knetete, fragend an.

«Ja, weil ich mich auf der einen Seite eurer Sache anschließen wollte. Und nein, weil es beileibe nicht einfach ist, die Schäfchen seiner Gemeinde, seien es auch noch so wenige, leichtfertig zurückzulassen. Da schlagen zwei

Herzen unterschiedlich in meiner Brust!»

«Kann ich vollauf verstehen», meinte Malcolm und tunkte einen Keks in seinen Tee.

«Aber dann geschah etwas, was dich letztlich doch veranlasste, die Reise nach London anzutreten, richtig?», nahm Crystal den Faden wieder auf.

Patrick O'Flaherty nickte bestätigend. «Vor etwa zwei Wochen suchte mich Margaret Sullivan auf. Was mich wunderte, denn die Dame hat sich noch nie im Gottesdienst blicken lassen, obwohl sie einen ausgedehnten Landsitz etwas außerhalb von Warwick bewohnt. Sie gehört zur Prominenz unserer Gegend, denn seit ihr wesentlich älterer Mann vor drei Jahren verstarb, ist sie die alleinige Besitzerin einer Hotelkette, und somit außerordentlich vermögend.»

«Moment, Sullivan?», horchte Malcolm auf. «Von der Hotelkette ‹Sullivan's Best›?»

«Genau die.»

«Meine Herren, die dürfte auch einige hundert Millionen auf der hohen Kante haben!»

«In der Tat, hat sie. Und hier ist ein bisschen davon!» O'Flaherty griff in die Innenseite seines Jacketts, und zog einen dicken Umschlag aus der Innentasche, den er auf den niedrigen Couchtisch vor sich warf.

«Darf man Fragen, was sich darin befindet?», erkundigte sich Crystal. «Oder präziser gesagt, wie viel?»

«Und wieder der richtige Riecher, meine Liebe!» Patrick O'Flaherty schmunzelte leise. «Es sind genau 50.000 Pfund!»

Rolfhardt stieß ein anerkennendes Pfeifen aus. «Das hört sich nach einem großen Problem an, welches diese Frau umtreibt. Ich habe doch Recht, oder?»

Das Mienenspiel des Geistlichen verdüsterte sich. «Allerdings, Rolfhardt. Das Gespräch drehte sich um ihren Sohn. Ihren kürzlich verstorbenen Sohn, um genau zu sein. Mrs. Sullivan kam völlig aufgelöst in mein Pfarrhaus. Ich brauchte einige Zeit, um sie zu beruhigen.»

«Kann ich mir gut vorstellen», meine Crystal mitfühlend. «Es ist immer tragisch, wenn Eltern ihre Kinder zu Grabe tragen müssen. Hat Mrs. Sullivan dir erzählt, was geschehen ist?»

«Sie hat mir ihr Herz ausgeschüttet. Ihr Sohn studierte hier in London am Chelsea College of Art in Westminster Kunst. Er bewohnte ein großes Appartement in der Nähe seines Studienplatzes am Lindsay Square. Nigel war ein fröhlicher, intelligenter, aufgeweckter junger Mann, sympathisch, aufgeschlossen und kontaktfreudig. Man kann auch behaupten, dass er kein Kind von Traurigkeit gewesen ist. Bei einigen wenigen Gelegenheiten hatte ich ihn schon zuvor in Warwick getroffen, als er seine Mutter bei offiziellen Anlässen begleitete.»

«Ich nehme mal an, er kam in London ums Leben?», fragte Crystal, und goss sich noch eine Tasse Tee ein.

«Allerdings!», bestätigte O'Flaherty. «Noch dazu unter äußerst mysteriösen Umständen.»

«Verstehe!», sagte Michael. «Mysteriöser Tod – London – dein nächster Gedanke landete dann bei uns.»

«Ja, ungefähr in etwa. Mrs. Sullivan erzählte mir, dass man

den Leichnam ihres Sohnes vor knapp zwei Wochen in einem Gebüsch im St. Georges Square in Westminster fand. Das ist ein kleiner Park nicht weit weg von Nigels Appartement. Scotland Yard stufte die Sache als Gewaltverbrechen ein. Allerdings wurden an der Leiche wohl keine direkten Hinweise von äußerlicher Gewalteinwirkung entdeckt.»

«Aber irgendetwas muss das Yard doch veranlasst haben, etwas anderes als einen natürlich Tod anzunehmen?» Rissi schaute den Geistlichen fragend an.

«Das lag daran, das Nigels Körper völlig ausgemergelt erschien, richtiggehend zusammengetrocknet, mit pergamentener Haut und in unnatürlich verkrampfter Körperhaltung. Aber man hatte ihn noch am Abend zuvor in einem Pub gesehen, so dass zwischen letzter Sicht und dem Auffinden keine zwölf Stunden lagen!

Ich kenne nichts, was in der Lage wäre, einen Körper in solch kurzer Zeit derart auszumergeln. Denn eine Einwirkung von Chemikalien konnte von der Polizei bei der Obduktion ebenfalls ausgeschlossen werden. Da steht man vor einem Rätsel! Diese Informationen sollten ursprünglich geheim bleiben. Doch Mrs. Sullivan hat viele bemerkenswert einflussreiche Freunde. Darum kam sie letzten Endes auch an den Obduktionsbericht.»

«Rätsel ist dann wohl auch das Stichwort gewesen, welches uns ins Spiel brachte, was, Patrick?», merkte Crystal an.

«Die Todesumstände erschienen mir derart suspekt, dass ich sofort an etwas Übernatürliches dachte», gab

O'Flaherty der Britin zur Antwort. «Natürlich landete ich dann automatisch bei euch. Unser Abenteuer auf der MS SERPENTIA ist mir nämlich immer noch ziemlich gegenwärtig, als hätten wir erst gestern gegen die Finsterwesen auf dem Kreuzfahrtschiff gekämpft.

Im Gespräch mit Mrs. Sullivan erwähnte ich dann auch, dass ich in London Bekannte habe, bei dem ich mal nachfragen könne, ob die eine Idee hätten, was hinter diesem seltsamen Todesfall stecken könnte. Mehr sagte ich eigentlich nicht.

Aber Mrs. Sullivan recherchierte daraufhin im Internet, stieß auf die Seite eurer Firma, und tauchte zwei Tage später mit dem Umschlag voller Geld wieder bei mir auf. Und ich konnte sie mit nichts davon abbringen, euch zu beauftragen, den Tod ihres Sohnes zu untersuchen, egal, was dabei ans Tageslicht kommt. Sie sagte mir eindringlich, dass ihr Seelenfrieden davon abhinge! Ein paar Tage habe ich mit mir selbst gerungen, bis ich endlich eine Entscheidung fällen konnte. Tja, und nun sitze ich hier ...»

«Eine gute Entscheidung!», rief Rolfhardt und klatschte in seine Hände. «Der Zustand, in dem man die Leiche von Mrs. Sullivans Sohn auffand, erscheint mir mehr als verdächtig. Meiner Nase nach riecht das nicht nur, nein es stinkt förmlich nach Kreaturen des NEGEM!»

«Auch ich bin der Meinung, dass hier irgendeine Kreatur der Finsternis am Werk ist», pflichtete Crystal dem Österreicher bei. «Meine Sinne kribbeln richtig, wenn ich an deine Schilderungen denke, Patrick!»

«Also übernehmt ihr diesen Fall?», fragte der Ire hoffnungsvoll.

«Wenn mein Team einverstanden ist, ja!», erwiderte Crystal. «Also, Michael, Rolfhardt, Malcolm, Rissi: Nehmen wir an?»

«Ich plädiere für ‹Ja›», stimmte Michael zu. «Die anderen drei Fälle, die ich abgecheckt habe, weisen nur eine Wahrscheinlichkeit von 50 Prozent auf, dass da etwas Übernatürliches beteiligt sein könnte, soweit es meine Recherchen ergaben. Sind jetzt nicht so dringend und können noch warten.»

«Malcolm und ich sind auch dabei», meldete Rissi. «Hört sich interessant an.»

«Scheint mir einer herausfordernde Aufgabe zu sein», meinte auch Rolfhardt. «Und überhaupt: Wo mein zukünftiger Ehemann hingeht, gehe ich auch hin!»

Diese Aussage des Vampirs löste natürlich ein großes Hallo bei den anderen aus, und deshalb mussten Rolfhardt und Michael erstmal ihre Heiratspläne erläutern. Doch man fand recht schnell wieder zum Thema der Besprechung zurück.

«Als Erstes scheint es mir sinnvoll zu sein, zu recherchieren, ob es sich bei diesem merkwürdigen Todesfall um einen einzelnen Vorfall handelt, oder ob ähnliches bereits vorher passiert ist», überlegte Crystal laut. «Malcolm, Rissi – erwähntet ihr nicht, dass ihr noch Kontakte bei Scotland Yard gabt?»

«Ja, aus unserer Zeit als Wachmänner hatten wir gelegentlich mit dem Yard zu tun», bestätigte Rissi. Und

Malcolm ergänzte: «Besonders mit Chiefinspector Maddigan verstanden wir uns immer ziemlich gut. Den könnten wir ja mal kontaktieren!»

«Ausgezeichnet! Das macht bitte! Und in dem Zusammenhang übernehmt ihr am besten gleich die Internetrecherche.»

«Wird gemacht, Chefin», sagte Malcolm, und Rissi nickte dazu.

«Ich könnte mich auf dem Campus vom Chelsea-College umhören», schlug Michael vor. «Freunde, Interessen, Verhalten, Umgang und so weiter.»

«Gute Idee!», sagte Rolfhardt. «Ich nehme mir sein Wohnumfeld vor: Lebte er allein, oder mit jemand zusammen, auffällige Besuche und was in dem Zusammenhang sonst noch interessant ist. Außerdem will ich den Bereich unter die Lupe nehmen, wo man seine Leiche gefunden hat.»

«Das erscheint mir beides sinnvoll», meinte Crystal nickend dazu. «Dann nehme ich die nähere Umgebung in Augenschein, frage in Pubs, Restaurant, Galerien, Museen nach, ob jemand Nigel kannte, oder ihn gesehen hat, mit oder ohne Begleitung. Mit den Daten, die wir alle zusammentragen, können wir vielleicht schon so etwas wie ein grobes Bewegungs- und Sozialmuster von Nigel erstellen. Aus dem ergeben sich womöglich dann auch ein paar Hinweise darauf, wie es zum Tod des jungen Mannes kam. Gleich morgen früh schwärmen wir aus. Heute wollen noch ein bisschen mit unserem lieben Besuch feiern!»

«Einverstanden, meine Gute!», rief Patrick O'Flaherty. «Unter einer Bedingung!»

«Und die wäre?»

«Ich beteilige mich an der Suche. Denn einen Posten habt ihr gar nicht erwähnt: Die Seelsorge! Vielleicht hat Nigel Kirchen oder kirchliche Einrichtungen in Westminster besucht, oder gar geistlichen Beistand benötigt. Ein Gespräch zwischen Geistlichen könnte uns hier auch die eine oder andere Information liefern.»

«Das ist eine ganz ausgezeichnete Idee!», stimmte Crystal erfreut zu. «Aber jetzt wechseln wir erstmal hinüber zur Küche, wo wir uns ein leckeres Abendessen zaubern. Später machen wir es uns im Wohnzimmer gemütlich. Bei einem guten Glas Wein können wir dann noch ein paar Details unserer morgen beginnenden Aktion besprechen.»

Dagegen brachte natürlich niemand Einwände entgegen, und so verbrachte das ganze ESP-Team mit Pater O'Flaherty einen sehr angenehmen Abend, bevor man sich zurückzog, um fit für den Folgetag zu sein.

Nach einem reichhaltigen Frühstück brachen die einzelnen Teammitglieder wie besprochen zu ihren jeweiligen Einsatzzielen auf. Mit Ausnahme von Malcolm, der sich der Internetrecherche widmete. Rissi hatte sich auf den Weg zu Scotland Yard gemacht, um Chiefinspector Maddigan aufzusuchen. Dieser hatte sich nach einem kurzen, vorherigen Telefonat bereiterklärt, seinen alten

Bekannten in seinem Büro zu empfangen, um über gemeinsame Erlebnisse zu quatschen.

Um kurz nach 10.00 Uhr am Vormittag betrat Rissi das Büro des Chiefinspectors, nachdem Maddigan ihn höchstpersönlich an der Pforte des Yard abgeholt hatte.

«Hübsche Büro, Maddigan», meinte er Brite mit den karottenroten Haaren anerkennend, als er in dem Sessel Platz nahm, den ihn der Polizeibeamte anbot. «Hast dich verbessert, seit ich dich das letzte Mal hier im Yard-Gebäude besucht habe.»

«Damals war ich auch nur Inspector», lachte Maddigan. «Gott, wie lang ist das her? Das müssen doch schon fast zwei Jahre gewesen sein!»

«Zwei Jahre und vier Monate, um genau zu sein», präzisierte Rissi die Zeitangabe.

«Aber auch bei dir gibt es Neuigkeiten, eh?» Der Beamte schaute den stämmigen Besucher über den Rand seiner Brille hinweg an. «Du hast also den Wächterposten an den Nagel gehängt und bist Privatschnüffler geworden?»

«Mann, der Buschfunk funktioniert ja immer noch prächtig, was?», sagte Harisson schmunzelnd. «Aber ja, es stimmt. Ich habe etwas Interessanteres gefunden. Was auch noch viel besser bezahlt wird. Jetzt arbeite ich bei ‹ESP Investigations›. Unser Büro wird gerade in ‹The Shard› eingerichtet.»

Maddigan pfiff durch die Zähne. «‹The Shard›? Klingt ja richtig nobel. Aber was soll das sein, dieses ESP?»

«Das steht für ‹Extra-Sensory-Perception›, also für außersinnliche Wahrnehmung, Parapsychologie, Spuk und

Okkultes.»

Der Chiefinspector starrte Rissi aus großen Augen überrascht an. «Willst du mich auf den Arm nehmen?», wollte er zweifelnd wissen. «Geisterjäger bist du jetzt?»

Harisson Steerling nickte milde lächelnd. Diese Reaktion kam schließlich nicht unerwartet. Die meisten Leute reagierten auf diese Weise, wenn sie hörten, um was es ging. Aber niemand von denen hatte erlebt, was er bei CLAYTON SOFTWARE ENGENEERING erlebt, und dabei nebenbei sein Weltbild auf den Kopf gestellt hatte.

«Wenn du das so vereinfacht ausdrücken möchtest, dann ja», sagte er deshalb nachsichtig. «Es gibt mehr zwischen Himmel und Erde, als du dir vorstellen kannst. Viel mehr! Und das meiste davon ist in der Lage, einem eine Scheißangst einzujagen. Doch anstatt den Kopf in den Sand zu stecken und seine Augen vor dem zu verschließen, was nur schwer begreifbar ist, nehmen meine Freunde und ich den Kampf auf und kümmern uns um die Fälle, bei denen die Schulweisheit auf der Strecke bleibt.»

Maddigan benötigte einen Moment, um das Gehörte zu verdauen. «Wenn du das sagst ...», murmelte er dann. «Sag bloß nicht, eine deiner okkultistischen Ermittlungen führt dich zu mir!»

Rissi wiegte bedächtig seinen Kopf. «Wer weiß ... es handelt sich um den Fall Nigel Sullivan. Wir sind von seiner Mutter Margaret Sullivan beauftragt worden, den mehr als mysteriösen Tod ihres Sohnes zu untersuchen und aufzuklären. Und behaupte nicht, die Sache sei nicht mysteriös! Es ist uns bekannt, in welchem Zustand sich die

Leiche Nigels beim Auffinden befunden hat!»

Wieder starrte Maddigan seinen Besucher überrascht an. «Da wisst ihr mehr als die Öffentlichkeit!», gestand er dann ein. «Ihr habt wohl außerordentlich gute Quellen. Verrätst du mir die?»

Rissi lachte laut auf. «Kein Ermittler verrät leichtfertig seine Quellen», entgegnete er nachsichtig schmunzelnd. «Aber die Mutter des Toten, Mrs. Sullivan, hat recht einflussreiche Freunde und Bekannte», erläuterte er dann.

Der Polizist setzte eine bekümmerte Miene auf. «Macht und Geld also. Das ewig gleiche Spiel. Aber es stimmt, die Polizei steht in diesem Fall vor einem echten Rätsel. Ich habe den Toten selbst in der Pathologie in Augenschein genommen. Glaub mir, es war ein erschütternder Anblick. Diesen wenige Stunden zuvor noch so vitalen, jungen Mann dermaßen ausgemergelt und dehydriert vor mir liegen zu sehen ...» Maddigans Blick wanderte für einen Moment starr in die Ferne, bis der Mittvierziger sich einen Ruck gab und mit der Hand durch sein schwarzes Haupthaar strich.

«Wenn ich mir es recht überlege, erfüllt dieser Fall die Kriterien für dich und dein Ermittlerteam, denn unsere Gerichtsmediziner stehen allesamt vor einem Rätsel. Die Todesursache konnte bisher nicht ermittelt werden. Und was noch schlimmer ist ...», er beugte sich vor und sprach leise im verschwörerischen Tonfall weiter, «... es handelt sich nicht um den ersten Vorfall dieser Art! Es ist der vierte Tote innerhalb von vier Monaten. Alles Männer zwischen zwanzig und dreißig Jahren, alle ledig, und alle Stunden vorher noch quietschfidel!»

«Vier Opfer?!», entfuhr es Rissi überrascht. «Bei allen die gleiche Todesart? Davon stand aber nichts in der Presse!»

«Natürlich nicht!», sagte Maddigan und lehnte sich wieder zurück. «Diese Informationen sind von höchster Stelle zurückgehalten worden. Man will unter allem Umständen eine Panik vermeiden. Die Ermittlungen laufen zwar auf Hochtouren, aber bisher sind wir im Yard noch keinen Schritt weitergekommen. Vielleicht ist es an der Zeit, unkonventionellere Wege einzuschlagen ...»

«Mit unkonventionell meinst du mich und meine Kollegen?»

«Kann schon sein ... inoffiziell zumindest. Ich werde dich mit ein paar Informationen versorgen, aber offiziell hast du diese nicht von mir, ist das klar? Ich komme sonst in Teufels Küche! Du versicherst mir, diese Infos nur intern zu verwenden?»

Harisson Steerling nickte mit ernstem Gesichtsausdruck. «Das schwöre ich dir, Maddigan! Wir haben nicht die Absicht, dich in Schwierigkeiten zu bringen. In unserem Metier ist Diskretion oberstes Gebot!»

«Das will ich hoffen! Würden wir nicht derart auf der Stelle treten ...» Maddigan ließ den Rest des Satzes offen, aber Rissi verstand auch so, was er meinte. Auch er fühlte sich insgeheim unbehaglich bei dem Gedanken, dass mittlerweile bereits vier Männer auf die gleiche Art und Weise starben.

«Verdammt ...», murmelte er deshalb vor sich hin. «Da hat uns O'Flaherty einen ziemlich großen Fall eingebrockt ...»

«Was meinst du, Rissi?», fragte der Chiefinspector, der diese Worte nicht verstanden hatte.

«Nichts ...», wiegelte Rissi ab. «Ich habe nur ein wenig spekuliert, was du für uns hast. Dann lass mal sehen, Maddigan ...»

Nur knapp zwei Kilometer von New Scotland Yard entfernt startete Michael Fux seine Nachforschungen auf dem Gelände des Chelsea College of Art and Design. Zuvor war er zusammen mit Rolfhardt in dem Mini aus dem Auto-Park von Blair House in die Stadt gefahren. Rolfhardt hatte seinen zukünftigen Ehemann am College abgesetzt, um danach das kurze Stück bis zum Lindsay Square weiterzufahren, wo er sich Nigel Sullivans Wohnung ansehen, und mit den Nachbarn des Toten reden wollte.

Etwas missmutig stand Michael nun auf dem quadratischen Platz, der sich zur Straße hin öffnete, aber auf den drei anderen Seiten von wuchtigen Ziegelbauten des College und des Institut of International Visual Arts eingerahmt wurde.

Er gähnte herzhaft. Kein Wunder, denn die vergangene, gemeinsam mit Rolfhardt verbrachte Nacht geriet wegen diverser, nächtlicher Aktivitäten ein wenig kürzer als geplant. Rolfhardt, mit seiner besonderen Konstitution, steckte das ohne jede Nachwirkung weg. Michael sehnte sich dagegen noch nach zwei, drei Stunden Schlaf. Doch es half nichts. Er stand nun hier, und er hatte einen klar umrissenen Auftrag. Allerdings auch keine Ahnung, wie er hier auftreten sollte, um nicht gleich mit der Tür ins Haus zu fallen.

Also lief er erst einmal vor dem Hauptgebäude des College auf und ab und überlegte seine nächsten Schritte. Viele junge Leute irrten geschäftig zwischen den Gebäuden umher, kamen und gingen. Hierbei handelte es sich wohl größtenteils um die Studierenden. Natürlich gab es auch ältere Personen, Lehrkräfte, Angestellte, Besucher. Doch die Jugend überwog. Von daher wirkte Michael nicht auffällig, den auf Grund seines immer noch sehr jugendlichen Aussehens konnte er gut als Student durchgehen.

Noch während Michael also über sein weiteres Vorgehen nachdachte, kam ihm der Zufall zu Hilfe.

«Kann ich dir helfen?», klang hinter plötzlich eine weibliche Stimme auf. «Ich habe dich hier noch nie gesehen, und du machst auf mich ein wenig einen verlorenen Eindruck!»

Michael wendete sich zur Sprecherin um und erblickte eine junge Frau, höchstens 20 Jahre alt, im klassischen, aber gut geschnittenen Tweed-Rock, blauer Seidenbluse, einer schwarzen, etwas zerzausten Kurzhaar-Frisur, und hübschen Gesicht mit einer niedlichen Stupsnase. Freundliche braune Augen schauten Michael dabei fragend an.

«Oh!», machte er überrascht. «Sieht man mir das so deutlich an?»

Die junge Frau lachte herzlich. «Sagen wir mal so, es

scheint mir, dass du nicht wirklich weißt, was du machen willst oder sollst. Du läufst schon ein Weilchen auf eine hilflose Weise hin und her. Außerdem siehst du, entschuldige, wenn ich das direkt sage, ziemlich müde aus.»

«Jetlag», antwortete Michael spontan und grinste schief dazu. «Ich hielt mich längere Zeit im Ausland auf und bin erst heute früh in Heathrow gelandet.» Der Stuttgarter wunderte sich, wie einfach ihm diese Notlüge über die Lippen kam. Allerdings hätte ihm die Wahrheit hier wohl auch kaum weitergeholfen.

«Ich habe mich schon vor längerer Zeit für heute mit einem Freund verabredet, der übrigens an diesem College studiert. Wir sollten uns bereits vor einer halben Stunde hier auf dem Platz treffen, aber bisher ist er nicht aufgetaucht. Nun bin ich ein bisschen unruhig, weil ich keine Nachricht von ihm bekommen hatte. Eigentlich habe ich schon seit ein paar Wochen nichts mehr von ihm gehört und fange langsam an, mir ernsthafte Sorgen zu machen. Insofern kann man schon behaupten, dass ich ein wenig hilflos hier herumlaufe.»

«Vielleicht kann ich dir ja weiterhelfen?», bot die Studentin an. «Ich studiere hier auch und kenne jede Menge Leute. Wie heißt denn dein Freund?»

«Das wäre toll! Er heißt Nigel Sullivan, und er rennt meistens ... aber was hast du denn?»

Die Studentin bekam schlagartig eine blasse Hautfarbe, und machte ein ziemlich bestürztes Gesicht dazu. Michael gratulierte sich insgeheim, dass gleich die erste Person den

Verblichenen zu kennen schien. Gleichzeitig tat ihm das Mädchen aber sehr leid, weil er sie so einer unangenehmen Situation aussetzen musste. Vor allem, als er sah, wie sie nach Worten rang.

«D ... du must jetzt ziemlich stark sein ...?»

«Michael.»

«Du musst jetzt stark sein, und es ist mir mehr als unangenehm, dass ich es dir sagen muss, aber ... aber Nigel ist tot, Michael!»

Ihre Augen begannen feucht zu schimmern, zum einen wegen der Nachricht an sich, zum anderen, weil Michael filmreif reagierte.

Er schreckte zurück, als wäre er gegen eine Mauer geprallt, griff sich in fassungsloser Geste mit der rechten Hand an den Kopf, taumelte ein paar Schritte, bevor er mit völlig schockierte Miene zu stammeln begann.

«Aber ... aber ... Nigel ... ich ... mei ... mein Trauzeuge ... Hochzeit ...Nigel ... tot? Ich verstehe nicht ...»

Mit einem Ächzen ließ Michael sich zu Boden sinken, setzte sich auf den Steinbelag des Platzes, stemmte beide Ellbogen auf die an den Körper gezogenen Oberschenkel und barg das Gesicht in beiden Händen.

«Nein, nein ... das kann nicht sein ... ich glaube es nicht, will es nicht glauben ...»

Die junge Dame ließ sich neben ihm in die Hocke sinken und legte dem schlanken Mann tröstend die Hand auf die Schulter. Was wiederum bei Michel für gehöriges Schuldgefühl sorgte, ob der Vorstellung, die er für die Studentin gab.

56

«Wir konnten es auch alle nicht glauben, als wir es hörten», sagte sie leise, mit einem unterdrückten Schluchzen. «Er war so ein feiner Kerl, ein lieber Mensch ...»

Michael hob den Kopf und schaute die Studentin mit gequälter Miene an.

«Wie ...?», hauchte er.

Die hilfreiche junge Frau zuckte hilflos mit ihren Schultern. «Das weiß keiner so genau. Scotland Yard hat dem Campus nur mitgeteilt, dass man seine Leiche nicht weit von hier in einem Gebüsch im St. Georges Square gefunden hat. Mehr Informationen rücken sie nicht raus.»

Sie erschauerte. «Wenn ich dran denke, dass es praktisch um die Ecke geschehen ist ...»

Michael konnte sich gut vorstellen, was in Nigels Mitstudentin vorgehen mochte. Er erhob sich ächzend, klopfte sich etwas Staub von der Hose, und sagte tonlos zu der Dame: «Danke, dass du es mir gesagt hast ...?»

«Melanie.»

«Danke, Melanie. Das muss ich jetzt erst mal verkraften. Gibt es hier in der Nähe ein Pub, wo man etwas trinken kann?»

Melanie nickte. «Ja, gleich um die Ecke ist das White Swan in Pimlico. Es ist ganz nett eingerichtet da.»

«Hört sich gut an. Begleitest du mich? Ich könnte nach dem Schock ein wenig Gesellschaft vertragen. Ich lade dich auch ein. Weißt du ... vielleicht verkrafte ich es besser, wenn ich ein bisschen mit jemand, der ihn auch kannte, einfach nur etwas quatschen kann ...»

«Ja, vielleicht hast du recht, Michael», stimmte Melanie mit bekümmertem Gesicht zu. «Ich könnte auch einen Schluck vertragen. Aber nicht dass du jetzt denkst, ich trinke jeden Tag schon um die Zeit!»

«Aber woher, da käme ich nie drauf!»

«Weißt du, dass ich mal jemandem eine Todesnachricht überbringen muss, wäre mir zuvor nicht im Traum eingefallen. Da ist ein handfester Scotch angebracht!»

«Dem kann ich mich nur anschließen. Also lass uns ins White Swan gehen!»

Kurz darauf saßen sie in dem gemütlich eingerichteten Pub an einem Tisch am Fenster, Melanie mit einem Glas schottischen Whisky, Michael mit einem Pint Guinness vor sich. Der ehemalige Versicherungsmakler hatte eine Story erzählt, wie er und Nigel sich in einem der Sullivan-Hotels in Irland kennengelernt hatte, als Michael da gerade im Auftrag seiner Versicherung zu Vertragsverhandlungen weilte. Und dass sie sich oft in Irland wiedergetroffen hatten und schließlich Freunde wurden. Deshalb auch der Plan, dass Nigel Trauzeuge werden sollte.

«Da wird deine Verlobte aber auch einigermaßen geschockt sein, wenn sie das von Nigel hört», meinte Melanie mitfühlend.

«Mein Verlobter ...», korrigierte Michael reflexhaft.

«Wie?» Die Studentin schien irritiert.

«Mein Verlobter», wiederholte Michael mit einem

betrübten Lächeln um seine Mundwinkel. «Ich heirate einen Mann.»

«Tatsächlich? Was für ein Verlust für die Frauenwelt!»

«Danke für das nette Kompliment. Aber da solltest du erst mal meinen Mann sehen. Aber das baut mich ein klein wenig auf, nach dem Schock. Wenn ich bloß wüsste, warum sich Nigel vor seinem Tod nicht mehr bei mir gemeldet hat? Ich überlege hin und her. Mir fällt aber kein Grund ein. Hast du eine Idee, was da los gewesen sein könnte?»

Melanie schüttelte bedauernd ihren hübschen Kopf. «Leider nein, dass hat uns die Polizei auch gefragt. Im Grunde verhielt er sich wie immer. Mir ist jedenfalls nicht Besonderes aufgefallen. Im Gegenteil, er schien in Hochstimmung zu sein, weil er eine neue Frau kennengelernt und einen recht verliebten Eindruck gemacht hatte. Er wollte sie uns vorstellen, doch dazu kam es ja dann nicht mehr.»

«Niemand von euch kennt diese neue Flamme?», hakte Michael nach.

«Nein, keiner. Nigel kann ja auch höchstens ein- oder zweimal mit ihr ausgegangen sein, so lange kannte er sie ja noch nicht.», antwortete Melanie. «Aber deswegen konnte ihr auch niemand mitteilen, was mit Nigel passierte. Stell dir bloß vor, sie weiß es immer noch nicht!»

«Dann steht ihr ja möglicherweise der große Schock noch bevor», sagte Michael, und versuchte möglichst betrübt dabei auszusehen.

Bevor Melanie darauf etwas erwidern konnte, tüdelte es die

Anfangstakte von Beethovens neunter Sinfonie aus der Hosentasche Michaels.

«Moment, meine Liebe, da muss ich kurz rangehen. Das ist mein Mann!»

Er zog sein Smartphone hervor und nahm den Anruf an.

«Hallo Schatz ... ok ... ich habe schlechte Neuigkeiten ... wie? Nein, nicht am Telefon. Ich sitze gerade im White Swan und unterhalte mich mit einer Mitstudentin von Nigel ... nein, es geht ihm nicht gut. Ganz im Gegenteil, leider ... kannst du mich abholen? ... ja, ich warte im Pub auf dich. Bis gleich!»

Mit einem entschuldigenden Gesichtsausdruck steckte Michael sein Handy wieder weg.

«Mein Zukünftiger wird gleich hier sein, er hatte in der Nähe zu tun», erklärte er kurz. «Er kannte Nigel zwar nicht so lange wie ich, aber es wird trotzdem auch ein Schock für ihn sein. Jetzt kann ich nachempfinden, wie dir zumute gewesen sein musste, als du mir diese schreckliche Mitteilung machtest!»

«Ich glaube, das ist selbst für Polizisten nicht leicht, und die haben wesentlich öfters damit zu tun», meinte Melanie mitfühlend.

«Aber ich sollte jetzt gehen, Michael, auch wenn es nett gewesen ist, sich mit dir zu unterhalten. Ich verpasse sonst zuviel von meiner Vorlesung!»

«Oh, wie gedankenlos von mir! Ich wollte dich nicht von deinen Studien abhalten», entschuldigte sich der junge Mann bei der Studentin. «Danke, dass du mir geholfen hast, den Schock ein bisschen zu verdauen. Vielleicht trifft man sich ja irgendwann unter angenehmeren Umständen wieder!»

«Ja, wer weiß. So groß London ist, manchmal kommt man sich trotzdem vor, als wäre es ein kleines Dorf. Also bis dann, Michael!»

«Ja, bis dann Melanie. Und noch einmal vielen Dank für deine nette Gesellschaft!»

Michael schaute ihr nach, während sie den Pub verließe, und konnte sie durch die Fensterfront noch ein Stück die Vauxhall Bridge Road entlang laufen sehen, bis sie aus dem Sichtfeld verschwand. Gedankenverloren nippte er an seinem Guinness, und überlegte, ob es sich lohnen könnte, noch einmal zum College zurückzukehren und andere Studenten zu befragen. Allerdings bezweifelte der Stuttgarter, dass dabei wesentlich mehr herauskäme, als wie nach dem aufschlussreichen Gespräch mit Melanie.

In diesem Moment betrat sein zukünftiger Ehemann den Pub. Mit seinem wallenden, blonden Lockenhaar, dem fein getrimmten Goatie, den edlen Gesichtszügen, der schlanken, drahtigen Figur und den schon fast unverschämt engen, hellgrauen Jeans zog er sofort die Anwesenheit aller im Pub auf sich. Rolfhardt winkte Michael von der Tür her kurz zu, steuerte aber zunächst den Tresen an, wo er sich ein Pint Pale Ale besorgte, bevor er sich zu ihm an den Tisch begab.

«Hallo Schatz», begrüßte er Michael, gefolgt von einem Kuss, was den einen oder die andere im Pub zu neidischen Blicken in Richtung des braunhaarigen Deutschen veranlasste.

61

Dann nahm der Wiener Adlige am Tisch gegenüber von Michael Platz.

«Mir scheint, du hattest ein interessantes Gespräch, als ich dich angerufen haben?» Er schaute seinen Freund fragend dabei an.

Michael nickte bestätigend und berichtete Rolfhardt kurz, was er von der Mitstudentin Nigels erfahren hatte.

«An dir ist ja richtig ein Schauspieler verlorengegangen», meinte der weiße Vampir schmunzelnd, als er erfuhr, welche Geschichte sich Michael ausgedacht hatte, um möglichst unverfänglich Fragen stellen zu können.

«Aber es gibt da ein paar Parallelen zu dem, was ich bei Nigels Wohnung in Erfahrung gebracht habe», fuhr er dann ernster fort.

«Mrs. Micks, Nigels Nachbarin, hat auch erzählt, das Nigel kurz vor seinem Tod eine nette Frau kennengelernt hat. Deutlich älter als Nigel, aber sehr elegant und eloquent. Mrs. Micks hat die Dame kurz gesehen, als sie zusammen mit Nigel am Vor-Vorabend seines Todes aus der Wohnung des Opfers kamen und gemeinsam wegfuhren. Das war Mrs. Micks deswegen noch lebhaft in Erinnerung, weil sie das elegante, smaragdgrüne Seidenkleid von Nigels Begleitung bewundert hatte. Mehr konnte die Nachbarin aber nicht berichten, denn danach hat sie den Verstorbenen nicht mehr gesehen. Ich ließ mir dann noch Nigels Zweitschlüssel geben, den sie in Verwahrung hatte, weil sie bei Nigels Abwesenheiten immer die Blumen goss und nach dem rechten sah.»

«Den Schlüssel hat sie dir so einfach überlassen?»,

wunderte sich Michael.

Rolfhardt lachte leise. «Hat sie. Allerdings unter Vampir-Hypnose. Sie zeigte sich äußerst erfreut, mir in dieser Sache behilflich zu sein.»

«Ach so ...», amüsierte sich Rolfhardts Gegenüber. «Ich verstehe. Gab es da wenigstens etwas Interessantes oder Hilfreiches zu entdecken?»

«Das typische Appartement eines Junggesellen», berichtete der weiße Vampir. «Allerdings mit äußerst geschmackvollen Möbeln. Man sieht, dass von Hause aus Geld vorhanden war. Eine gewisse Unordentlichkeit, aber alles noch vertretbar. Alles vermittelte den Eindruck, als käme der Bewohner jeden Moment wieder zurück. Es gab keinerlei Hinweis auf das, was dem Jungen dann widerfahren sollte. Selbst nach über 200 Jahren Lebenserfahrung jagt mir so etwas immer noch einen Schauer über den Rücken!»

«Ein Eingeständnis, was dich für mich umso liebenswerter macht», sagte Michael mit sanfter Stimme. «Deine Sensitivität ist eines deiner hervorstechenden Merkmale. Neben dieser prächtigen Beule in dieser sündhaft engen Jeans, wohlgemerkt. Du hast beim Eintreten die ganze Meute zum Sabbern gebracht, mich eingeschlossen!»

«Glaube mir, ich habe nur Augen für dich, mein Herzblatt!»

«Das will ich schwer hoffen!», lachte Michael. «Aber um zum Thema zurückzukommen: Es gibt eine Gemeinsamkeit in unseren Nachforschungen!»

Rolfhardt nickt dazu. «Ja, diese ominöse

Damenbekanntschaft, die keiner kennt.»

«Vielleicht hat Crystal ja mehr rausgefunden. Sie wollte sich doch die Gasthäuser, Restaurants und Pubs in Westminster vornehmen. Hast du schon von ihr gehört?»

«Ja, ich habe sie auf dem Weg zu dir angerufen. Wir sollen sie in drei Stunden in ‹Jamie's Italian Victoria› treffen, in der Victoria Street. Dort können wir uns gegenseitig berichten und gut essen.»

«Und was unternehmen wir bis dahin?»

«Nun, es gibt da einen exklusiven Juwelier, Links of London. Ist nicht weit von hier. Was hältst du davon, wenn wir uns dorthin begeben, um ein paar hübsche Verlobungsringe auszusuchen?», schlug Rolfhardt wie beiläufig und mit unschuldigem Augenaufschlag vor.

Michael beugte sich etwas vor und ergriff mit seinen Händen die von Rolfhardt.

«Das, mein Liebling ...», antwortete er dann lächelnd, «... das ist eine ganz famose Idee! Ich kann es kaum noch erwarten, dich zum Mann zu haben!»

«Na dann ...»

Drei Stunden später, fast exakt um 14.00 Uhr, trafen sie vor dem Restaurant in der Victoria Street ein. Ihren Wagen, den Mini, hatten sie bei Channel 4 Television, im Horseferry Car Park abgestellt und waren danach zu Fuß zum vereinbarten Treffpunkt gelaufen. Nicht weit entfernt sahen sie Crystal auf sich zukommen. Ihre gemeinsame Freundin winkte Ihnen aus der Entfernung zu und beschleunigte ihre Schritte. Kurz darauf erreichte sie Wartenden.

«Hallo ihr beiden», rief sie zur Begrüßung. «Das ist ja perfektes Timing! Wieist euer Vormittag verlaufen? Hattet ihr Erfolg?»

«Direkte Hinweise gab es nicht», antwortete Michael, «Aber immerhin konnten wir unabhängig voneinander zumindest ein verbindendes Element ermitteln.»

«Aber das sollten wir beim Essen besprechen», schlug Rolfhardt zu. «Du berichtest uns zuerst, was du herausgefunden hast, dann bist du völlig unvoreingenommen, was unsere Erkenntnisse betrifft. Ist das OK, Crystal?»

«Absolut!», stimmte die Londonerin zu. «Ich habe sowieso ein Riesenhunger! Lasst uns reingehen, damit sie den bestellten Tisch nicht weggeben. Hier ist immer gut besucht!»

Damit setzte sie sich auf die Eingangstür zu in Bewegung, und die beiden Männer folgte ihr.

Kurz darauf, nachdem die Drei Platz genommen und bestellt hatten, fragte Michael neugierig nach den Ergebnissen von Crystals Ermittlungen in den Restaurants, Pubs, Clubs und Etablissements im Umkreis vom College und Nigels Wohnung.

«Oh je, da hatte ich mir vielleicht etwas vorgenommen», sagte sie und verdrehte die Augen dazu. «Habt ihr eine Ahnung, wie viel Restaurants, Bars und Clubs es hier in Westminster gibt? Genug, um fünf Personen einen Tag zu beschäftigen! Deswegen habe ich mir dann gezielt welche ausgesucht, die am ehesten zum Stand eines jungen Mannes aus begütertem Haus passen könnten.»

Sie zog ihr Smartphone aus ihrem Jackett und rief die Notizbuchfunktion auf.

«Im ‹Greencoat Boy, im ‹Lime Orange›, ‹the Windsor Castle›, ‹the laughing Halibut› und im ‹Ichiriki Sushi House› traf man ihn demnach regelmäßig an, in ein paar anderen Lokalen hat man ihn zumindest auf Bildern erkannt. Außerdem trainierte er in den Gymbox Victoria Studios. Dort sah man ihn zuletzt zwei Tage vor seinem Tod. Er wollte sich in Form bringen, denn er muss wohl eine Dame kennengelernt haben, eine richtige Lady. Im ‹Lime Orange› hat er mit dieser Freundin am Abend vor seinem Tod einen Drink genommen, bevor sie das Lokal am frühen Abend zusammen verließen. Die Leute erinnerten sich lebhaft daran, weil die weibliche Begleitung wohl ein raffiniert geschnittenes, grünes Seidenkleid getragen haben musste, welches Aufmerksamkeit erregte. Allerdings konnte niemand diese Frau näher beschreiben. Nachdem Nigel das ‹Lime Orange› verlassen hatte, verliert sich seine Spur.»

«Es scheint alles auf diese weibliche Begleitung hinauszulaufen», fasste Rolfhardt das Gehörte kurz zusammen. «Auch bei unseren Recherchen hat sich diese Unbekannte als gemeinsamer Nenner erwiesen. Wenn wir sie finden könnten ...»

«Wären wir vielleicht der Lösung ein Stückchen näher gekommen», vollendete Michael den Satz seines Verlobten.

«Die Aussichten, die ominöse Dame zu finden, sind aber nicht sehr gut», meinte Crystal betrübt. «Niemand kennt ihren Namen oder weiß, wo sie wohnt. Der Einzige, der Bescheid wusste, lebt nicht mehr ...»

«Möglicherweise haben Rissi und Malcolm ja über die Polizei ein paar zusätzliche Informationen herausbekommen», meinte Michael hoffnungsvoll.

«Oder Patrick hat bei den hiesigen Geistlichen wertvolle Informationen ergattert», sagte Crystal. «Bald werden wir es erfahren. Aber jetzt essen wir erstmal, da kommt nämlich die Bedienung mit unseren Bestellungen. Nebenbei könnt ihr mir dann erzählen, wo ihr eure Ringe gekauft hat und wann wir das Ereignis feiern werden!»

Michael zwinkerte Rolfhardt zu. «Sie hat es doch bemerkt!»

«Ich glaube, Schmuck übersieht keine Frau. Das ist eine rein männliche Eigenschaft!», sagte der lachend.

«Vergiss Schuhe, Bekleidung, Haare und Brillen nicht», ergänzte Crystal. «Das übersehet ihr Männer auch zu gerne. Und jetzt erzählt: Wo hab ihr diese todschicken Ringe gekauft ...?»

Gegen 18.00 Uhr an diesem Donnerstag, traf sich der ganze ESP-Trupp und Pater O'Flaherty wieder in Blair House. Auch Bruder Jonathon war dazugestoßen. Sein Orden und er kamen oft in der Stadt herum. Crystal meinte, dass seine Anwesenheit nützlich sein konnte. Vielleicht besaß der Orden von Buckfast brauchbare Informationen. Oder sie hielten Augen und Ohren für Crystal und ihr Team auf.

Man traf sich wieder in der gemütlichen Bibliothek, wo man erst einmal unter großem Hallo die Verlobungsringe von Rolfhardt und Michael bewunderte: Schlichte, schmale Platinringe mit Innengravur «M+R forever», und außen jeweils zwei kleine, blaue Saphire, vom Juwelier perfekt in die Ringe eingepasst.

Anschließend konzentrierte man sich auf die zusammengetragenen Fakten. Rolfhardt, Michael und Crystal berichteten zuerst von ihren Ermittlungen.

«Tja, dann haltet euch mal fest!», rief Rissi im Anschluss an deren Ausführungen. «Chiefinspector Maddigan vom Yard hat mir gesteckt, das Nigel Sullivan bereits der vierte Mann ist, der auf diese Art ums Leben kam!»

Diese Eröffnung sorgte für großes Aufsehen in der Runde, machte es diesen Fall doch sogleich noch um ein vielfaches dramatischer.

«Und das Yard hat noch überhaupt keine Erkenntnisse über den oder die Täter?» Pater O'Flaherty stand das schiere Entsetzen ins Gesicht geschrieben.

Harisson schüttelte verneinend seinen Kopf. «Nope! Deswegen, und wegen der mysteriösen Todesumstände, haben sie die Sache bisher unter Verschluss gehalten.»

«Wo kamen denn die anderen drei Männer ums Leben?», erkundigte sich Crystal bei dem rothaarigen Briten.

«Einer in South Kensington, der zweite im Bereich South Lambeth, der dritte bei Elephant and Castle», berichtete

Rissi mit ernster Miene, die Daten aus einem aufgeschlagenen Notizbuch vorlesend.

«Die Bereiche liegen jetzt nicht so weit auseinander», überlegte Rolfhardt laut. «Ich würde sogar so weit gehen, zu sagen, dass ihre relative Nähe zueinander fast zwingend auf einen Zusammenhang hindeutet. Die gemeinsamen Todesumstände kommen noch dazu!»

«Das ist es nicht nur allein», merkte Rissi an. «Nach euren Beschreibungen hat Nigel kurz vor seinem Tod eine Frau kennengelernt. In mindestens zwei der drei anderen Fälle ist dies ebenfalls geschehen!»

«Ist nicht wahr!», entfuhr es Michael überrascht. «Dann steckt hinter dieser grünen Lady doch noch etwas mehr, als eine zufällige Bekanntschaft.»

«Sagtest du ‹grüne Lady›», fragte Rissi verblüfft zurück.

Michael nickte. «Ja, die Nachbarin von Nigel hat erwähnt, dass sie ein tolles, grünes Kleid getragen hat.»

«Und auch in den Pubs und Lokale, die ich besuchte, ist die stylishe grüne Bekleidung der Dame ein Thema gewesen», ergänzte Crystal. «Warum?»

Rissi lachte finster. «Weil die weibliche Begleitung der beiden anderen Männer ebenfalls in grüne Gewänder gekleidet auffiel», sagte er dann.

«Ich werd verrückt!» Malcolm schlug mit der Faust in die flache Hand. «Das ist ja mehr als verdächtig! Ist das Yard dieser Spur nicht nachgegangen?

Malcolm übernahm das Antworten. «Ich habe Rissis Datenstick vom Yard ausgewertet. Der Polizei ist zwar durchaus aufgefallen, dass in mehreren Fällen kürzlich

Damenbekanntschaften erfolgten, doch angesichts der Todesumstände und dem Aussehen der Leichen haben die eine direkte oder indirekte Beteiligung dieser Frauen ausgeschlossen. Man konnte sich einfach nicht vorstellen, dass eine Frau einen Mann derart zurichtete!»

«Wen wundert's», warf Michael ein. «So etwas bringt doch kein normaler Mensch zu Stande.»

«Womit wir wieder beim Kern des Problems landen», merkte Crystal trocken an. «Wenn kein Mensch für diese Toten verantwortlich ist, wer ist es dann. Oder anders formuliert: Was hat diese Männer getötet?»

«Ich habe mich mit meinen Kollegen in der Westminster Abbey, der Westminster Cathedral, der Westminster Chapel und der St. Margaret's Church unterhalten», meldete sich Pater O'Flaherty zu Wort. «Die wussten um die vier Toten, und alle vier zeigten sich einig darüber, dass sie dem Yard nicht zustimmten. Während die Polizei nach einem menschlichen Täter fahndet, machten meine Kollegen unheimliche, schwarzmagische Kräfte dafür verantwortlich. Ein Kollege sagte wörtlich: «Es geht eine Kreatur der Dunkelheit um in Westminster». Leider konnte er mir aber auch nicht sagen, was genau er damit meinte.»

«Dann befinden wir uns ja auf der richtigen Spur», fasste Crystal die Berichte zusammen. «Es besteht Einigkeit darüber, dass kein Mensch es zuwege brächte, die Körper der Getöteten innerhalb weniger Stunden derart auszumergeln und auszutrocknen, wie sie aufgefunden wurden. Und eine rätselhafte weibliche Person mit einem Faible für extravagante, grüne Kleidung muss in irgendeiner Art mit diesen Todesfällen in Verbindung stehen.»

«Bleibt bloß noch zu klären, mit was für eine Art von Bedrohung wir es hier zu tun haben, und wie wir diese Frau finden können!», fügte Rolfhardt hinzu. «Mir fällt da auf Anhieb kein Finsterwesen ein. Aber trotz meines langen Lebens kenne ich auch bei weitem nicht alle Kreaturen des NEGEM.»

«Ich werde die Datenbanken und die Bibliothek von Blair House durchforsten», sagte Malcolm. «Da sind recht umfangreiche Informationen vorhanden. Es sollte mit dem Teufel zugehen, wenn wir da nicht irgendwas finden!»

«Dann helfe ich dir Malcolm», bot Pater O'Flaherty an. «Mir schwirrt da irgendetwas im Kopf herum. Eine Ahnung möglicherweise ...»

«Eine Ahnung?», wiederholte Michael und schaute den Geistlichen fragend an. «Wovon?»

Der kratzte sich am Kopf und seufzte tief, bevor er antwortete. «Wenn ich das wüsste, mein Junge, wenn ich das wüsste. Die vier Vorfälle bringen in mir etwas zum Schwingen, als wenn ich irgendwann zuvor einmal in meinem Leben etwas gehört hätte, was mit den Vorfällen hier in London Ähnlichkeit hat. Aber ich kann's nicht greifen. Es ist zu vage, zu weit weg, verschüttete Erinnerungen, die nachhallen ... deswegen ist es bestimmt von Vorteil, wenn ich Malcolm bei seinen Recherchen helfe. Eventuell stoße ich dabei auf den Schlüssel zu meiner verschlossenen Gedächtnisschublade!»

«Das hört sich nach einer guten Idee an», stimmte Crystal

zu. «Also übernehmt ihr beiden die internen Recherchen. Der Rest unserer Truppe macht dann Außendienst.»

«Außendienst?», echote Michael und kratzte sich ratlos am Kopf. «Ja, aber was sollen wir da machen? Haben wir einen Ansatzpunkt?»

«Aber ja, mein Goldherz!», rief Rolfhardt aus, der sofort begriffen hatte, auf was Crystal hinauswollte. «Jeder Getötete hat zuvor eine Frau kennengelernt!»

«Schon klar, aber worauf wollt ihr hinaus?»

Crystal lachte. «Aber Michael – muss ich das einem vitalen, jungen Mann wirklich erklären? Wo lernt man sich denn am schnellsten Kennen?»

«Also, mein Vampir hat mich in der Einfahrt aufgelesen», feixte der junge Deutsche. «Aber ich glaube, ich weiß, worauf du hinaus willst: Kneipen, Pubs, Restaurants, Gyms – wir sollen einen Zug durch die Gemeinde machen!»

«Einen ausgiebigen», bestätigte die rothaarige Engländerin. «Wir grasen Westminster ab und tauchen in allen möglichen dieser Einrichtungen auf, bleiben da für ein Weilchen, wechseln dann das Lokal. Dabei versuchen wir, ungebunden auszusehen, und als absoluter Single rüberzukommen. Das heißt, ihr Turteltäubchen ...», sie musterte nacheinander Michael und Rolfhardt, «... ihr müsst eure frisch übergestreiften Verlobungsringe für die Zeit unserer Ausschau leider wieder ablegen!»

«Ooooch ...», machte Michael, und zog eine Flunsch.

Daraufhin ergriff Rolfhardt die Hand seines Verlobten, zwinkerte mit den Augen und raunte ihm zu: «Keine Angst, ich versüße dir das in der Nacht ...»

«Also ...», fasst Crystal noch einmal zusammen. «Wir beginnen morgen damit und fangen damit an, dass wir zum Frühstück ausschwärmen, also Rissi, Michael, Rolfhardt und ich. Außerdem telefoniere ich gleich noch mit Bruder Jonathon. Vielleicht schließt er sich der Sache an.»

«In Mönchskutte?», warf Michael ein.

«Stell dir vor, er besitzt auch normale Kleidung», winkte Rolfhardt schmunzelnd ab. «Im Zuge ihres Wirkens im Sinne des POSEM ist es ab und zu notwendig, sich zu verkleiden. Was für Jonathon und seine Mitbrüder natürlich heißt, dass sie gewöhnliche Straßenkleidung tragen.»

«Na, dann ist ja gut. Entschuldige Crystal, ich habe dich unterbrochen. Mit dem Frühstück fangen wir an ...»

«Genau. Dann geht es mit einem späten Tee weiter, oder einen Kaffee. Lest Zeitung oder ein Buch. Dann fortsetzen mit dem Mittagessen, wieder Tee und Kaffee, oder einen kleinen Drink, bis zum Dinner. Später dann ein Pint oder ein Cider in Pubs, und so weiter.»

«Gott, wenn wir das längere Zeit machen müssen, platzen wir ja aus allen Nähten!», rief Rissi und fasste sich stöhnend an die Stirn.

«Zwischendrin können wir ja die verschiedenen Gyms abklappern, und uns wieder etwas abtrainieren», meinte Crystal. «Es kann ja unter Umständen etliche Tage dauern, bis wir eine Spur der Dame in Grün finden. Westminster ist groß, und die anderen Toten kamen in den angrenzenden Bezirken ums Leben. Wir müssen also auch auf die Mithilfe von Kommissar Zufall hoffen. Und vielleicht auf Hinweise, die von Malcolm und Patrick gefunden werden.»

«Na dann ...» Michael klatschte in die Hände, stand auf, und sagte: «Da brauchen wir Schlaf, um ausgeruht und fit zu sein. Daher werde ich mich jetzt zu Bett begeben. Kommst du, Rolfhardt?»

«Und wie, mein Herz, und wie!»

Der weiße Vampir sprang auf und verließ zusammen mit Michael unter den amüsierten Blicken der anderen die Bibliothek.

«Ich wette, wir bekommen mehr Schlaf, als die beiden, selbst wenn wir erst in drei Stunden zu Bett gehen!», sagte Rissi, von einem Ohr zum anderen grinsend.

«Nun, ich gönne es den Beiden», meinte Crystal. «Aber eines stimmt schon, wir sollten uns eine ordentliche Mütze Schlaf gönnen, bevor wir morgen unsere Ermittlungen starten!»

Dem stimmte die restliche Truppe zu, und so löste sich die Gruppe nach und nach auf, als sich einer nach dem anderen in sein Zimmer zurückzog.

Am nächsten Morgen schwärmte der Ermittlertrupp kurz vor 09.00 Uhr aus, um sich in den zuvor für jeden festgelegten Bereich Westminsters zu begeben. Crystal startete am Chelsea College, Harisson am Sloane Square, Rolfhardt an der Tube-Station Knightsbridge, Michaels Startpunkt lag bei Westminster Abbey.

Dort angekommen orientierte er sich kurz mittels Kartendienst auf seinem Smartphone. Dann steuerte er

Cellarium Cafe and Terrace an, ein Lokal, welches man unweit der berühmten Abbey fand. Dort wollte er seine Beobachtungsrunde starten. Er orderte eine Kanne Earl Grey und ein englisches Frühstück, wofür er sich ausufernd viel Zeit nahm.

Während des Frühstücks beobachtete er sorgfältig, wer kam und wer ging. Dabei galt die Aufmerksamkeit natürlich vorrangig den weiblichen Gästen. Der Stuttgarter versuchte dabei aus dem Auftreten beim aufeinandertreffen mit anderen Personen im Lokal auf das Verhältnis beider Parteien zu schließen. Dies erwies sich als gar nicht so einfach, und anstrengender, als Michael gedacht hatte.

Nach etwa eineinhalb Stunden verließ er das Lokal wieder und schlenderte langsam in Richtung *Caffè Nero*, direkt gegenüber von Big Ben, bekannt für seinen ausgezeichneten Kaffee. Um diese Tageszeit bekam man dort in aller Regel ohne Probleme einen Platz. Nachmittags konnte es damit schon etwas schwieriger werden, weil dann auch viele Touristen in die Gasträume drängten.

Michael orderte Latte macchiato und zog seinen Ebook-Reader aus der Jacke, um vorzugeben, er würde lesen, während er auch hier in Wirklichkeit die Besucher unauffällig musterte.

Nach etwas mehr als einer Stunde verließ er das Café wieder und gönnte sich eine Auszeit an der Themse. Um die Mittagszeit versucht er sein Glück im *Blue Boar Restaurant*, Ecke Tothill- und Dean Farrar-Street, ein etwas gehobeneres Restaurant mit englischer Küche. Also ein Etablissement, welches von Nigel mit seinem familiären

Hintergrund durchaus geschätzt worden sein könnte.

Einmal schreckte Michael kurz auf, als eine Dame mit smaragdgrüner Bluse eintrat und auf einen jungen Mann zusteuerte, der wie Michael alleine an einem Tisch saß. Doch schnell stellte sich heraus, dass es sich bei der Dame wohl um die Mutter des Mannes handelte, was sie als mögliche Zielperson ausschloss.

Die Stunden des Tages zogen sich, blieben jedoch ereignislos. Als Michael sich dann endlich wieder auf den Rückweg zu Blair House machte, fühlte er sich trotzdem wie erschlagen.

Zuhause angekommen, stellte er fest, dass es seinen Freunden und Kollegen auch nicht anders erging und alle nur noch eines wollten: Eine heiße Dusche, und dann nichts wie ins Bett und schlafen.

So oder ähnlich verging der Rest der Woche, das Wochenende, und der Anfang der folgenden Woche. Der einzige, der damit einigermaßen problemlos durchkam, war Rolfhardt, aufgrund seiner speziellen Konstitution. Die anderen spürten, dass dieser tagelange Zug durch die Lokale an ihren Kräften nagte.

Doch es sollte bald etwas geschehen, was Bewegung in ihre Ermittlungen brachte. Es war Michael, dem der Zufall schließlich zu Hilfe kam.

Es geschah am Mittwochabend der neuen Woche. Michael hielt sich im *Buckingham Arms* auf, ein Pub in der Nähe des britischen Justizministeriums, in dem auch gerne Ministeriumsangehörige und andere Beamte verkehrten. Der Stuttgarter saß alleine an einem Zweitertisch in einer hinteren Ecke des Pubs und hatte ein Pint einer lokalen Biersorte vor sich stehen, an dem er ab und zu nippte. Dabei ließ er seinen Blick immer wieder möglichst unauffällig über die Gäste des gut besuchten Pubs gleiten.

Einige Zeit verging auf diese Weise. Leider genauso ereignislos wie an all den vergangenen Tagen. Michael wollte schon seine Beobachtungen abbrechen, um zum nächsten Lokal weiterzuziehen, als ein neuer Gast den Pub betrat.

Eine Dame mittleren Alters, rötlich-brünett, mit intensiv grün funkelnden Augen, welche hervorragend mit ihrem elegantem, dunkelgrünen, von Goldfäden durchwirkten Kostüm korrespondierten. Dazu passten auch die schicken, ebenfalls grün gefärbten, hochhackigen Pumps.

Mit selbstbewusstem Schritt, bei dem sie die Aufmerksamkeit fast aller Anwesenden auf sich zog, durchquerte sie den Gastraum und steuerte zielbewusst einen Tisch in der Nähe von Michael an, an dem auch nur ein einzelner Mann gesessen hatte. Dieser sprang beim Anblick der Dame erfreut auf und, breitete die Arme aus und verteilte zur Begrüßung Küsschen links und rechts auf die Wangen der adrett aussehenden Frau.

Sofort sprangen bei Michael sämtliche Alarmglocken an, auch, weil dem Wortwechsel bei der Begrüßung zu entnehmen war, dass es sich hierbei um das dritte Date der beiden Personen innerhalb von drei Tagen handelte. Sie kannten sich also erst kurz, was ins Raster der vier Mordopfer passte.

Der ESP-Ermittler konzentrierte sich nun voll und ganz auf

das Geschehen zwei Tische weiter. Alles andere um ihn herum blendete er dabei aus.

Schnell reifte in ihm die Erkenntnis, dass der Mann dort drüben in etwa das gleiche Alter wie Nigel Sullivan haben musste. Er redete wie ein Wasserfall, offensichtlich völlig hingerissen von seinem weiblichen Tischgast. Die Dame im grünen Kostüm beschränkte sich im Gegensatz dazu auf einige wenige Bemerkungen. Überhaupt erschien sie Michael relativ distanziert, was ihm angesichts des an den Tag gelegten Enthusiasmus ihres jüngeren Freundes doch etwas befremdlich vorkam. Doch dieser schien dies in keiner Weise zu bemerken. Im Gegenteil, er schmolz förmlich in seiner Begeisterung dahin.

Dann erhaschte Michael einen kurzen Blick auf die Augen der Dame, weil diese für einen Moment in seine Richtung schaute. Er erschrak innerlich, als er die Kälte wahrnahm, die in den intensiv grünen Iriden lag. Doch auch dies nahm der Mann ihr gegenüber nicht wahr. Er genoss offensichtlich das stetige Lächeln der Frau, doch auf Michael wirkte genau dieses Lächeln falsch und herablassend. Ein normal denkender Mann konnte etwas derartiges selbst im Zustand des Verliebtseins auf Dauer nicht übersehen.

Als der Stuttgarter dies realisierte, wuchs in ihm die Gewissheit, dass diese grün gekleidete Lady ihren jüngeren Freund auf irgendeine Art und Weise beeinflusste. Michael war sich dabei hinlänglich sicher, auf der richtigen Spur zu sein. Sein Adrenalinspiegel machte einen regelrechten Sprung nach oben, als die Aufregung über seine

Entdeckung von ihm Besitz ergriff. Schnell nahm er sein Smartphone, welches er vor sich auf den Tisch gelegt hatte, und schickte Rissi, der nicht weit von hier ermittelte, eine kurze Nachricht: «Bin im Buckingham Arms. Habe womöglich Spur entdeckt. Bleibe am Ball. Informiere die anderen und kommt in meine Richtung.»

Anschließend trank er gemächlich aus, steckte sein Smartphone ein und verließ den Pub. Draußen wandte er sich nach rechts und lief die Straße ‹Petty France› ein Stück entlang, bis vor das Vandon Court Gebäude. Dort gab es noch eines der typisch roten Telefonhäuschen, welches er als Deckung benutzen konnte. Von da aus behielt er den Eingang des *Buckingham Arms* im Blick. Zum Glück bot der Wettergott einen lauen, trockenen Abend, so dass das Warten im Freien nicht unangenehm wurde.

Allzulang musste der Deutsche jedoch nicht gedulden, denn schon nach knapp vierzig Minuten verließen der andere Mann und die Lady in Grün den Pub.

Zunächst liefen sie in Michaels Richtung, bogen aber dann in die Vandon Passage ab, welche die Petty France mit der Vandon Street verband. Sobald die beiden um die Ecke verschwanden, sprintete Michael auf leisen Sohlen zur Passage und lugte vorsichtig um die Ecke. Erst, als das Paar sich ein gutes Stück von dem ESP-Ermittler entfernt hatte, folgte dieser, sorgsam darauf bedacht, sich im dunklen Schatten zu bewegen und an die Häuserwände zu pressen, wenn seine Beobachtungsobjekte einmal innehielten.

Er schaffte es, den beiden unbemerkt zu folgen, über die Vandon- und die Caxton-Street, vorbei am Sufragetten-Denkmal, einen schmalen Fußweg folgend, bis zur großen Victoria-Street. Dann ging es die B323 entlang bis zum Greycoat-Circle, noch ein kurzes Stücke die Rochester Row bis zur Greycoat Street. Dort wurde eine Straßenseite eingenommen von wuchtigen, mehrstöckigen und etwas einförmigen Stadthäusern, die aussahen, als entsprängen sie dem Grimaud-Place aus der Harry Potter – Buchreihe. Dame und männliche Begleitung entschwanden dann im Haus Nr. 9.

Michael kam langsam und vorsichtig heran und blieb dann unschlüssig vor dem Haus auf dem Gehweg stehen und musterte die graurote Fassade.

«Verflixt, und jetzt?», murmelte er ein wenig ratlos vor sich hin.

Ins Haus folgen, das konnte er wohl kaum, denn er fiele als Fremder dort sofort auf. Da er von den Bewohnern niemand kannte, konnte er auch schwerlich vorgeben, jemand besuchen zu wollen.

Während er noch überlegte, ging im zweiten Stock das Licht in einer Wohnung an. Dort mochte also das Ziel des verliebten Herren und der grünen Lady zu liegen. Um mehr erkennen zu können, hätte Michael ein paar Schritte rückwärts machen müssen. Doch dann versperrten ihm die Äste des Baumes, unter dem er stand, die Sicht. Da zuckte der Deutsche plötzlich zusammen, als ihm spontan eine Idee kam.

Der Baum!

Vielleicht könnte man da ja hochklettern? Er musterte Stamm und Geäst. Es schien machbar zu sein, wenngleich die unteren Äste ein wenig hoch ansetzten.

Michael schaute sich vorsichtshalber in alle Richtungen nach anderen Passanten um, und als er sicher sein konnte, dass ihn niemand sah, wagte er es und sprang mit ausgestreckten Armen in die Höhe.

Nach dem dritten Versuche bekam er endlich einen Ast so zu fassen, dass er nicht abrutschte. Er hielt den Ast umklammerte und kletterte mit den Beinen am Stamm hoch, bis er mit ihnen den Ast, an dem er hing, umklammern konnte. Anschließend schaffte er es, sich hochzuziehen. Dann verschnaufte er einen Moment, um danach vorsichtig weiter nach oben zu klettern, weil er in der Dunkelheit der Nacht und im Schatten des dicht belaubten Geästes kaum die Hand vor Augen sah.

Endlich erreichte er die Höhe des zweiten Stockwerks. Dort versuchte er, sich einen sicheren Stand auf den Ästen zu verschaffen. Mit einem Arm umklammerte er schließlich den Stamm, während er den zweiten Arm verwendete, ein paar Äste beiseite zu drücken, um ein besseres Sichtfeld zu erhalten.

Sein Blick fiel auf ein großes, erleuchtetes Fenster, mit einem Raum dahinter, der wohl ein Wohnzimmer zu sein schien. Darin konnte Michael die beiden von ihm verfolgten Personen erkennen, in inniger Umarmung und sich heftig küssend.

Der Stuttgarter fühlte sich unangenehm berührt, denn zu spannen lag eigentlich nicht in seiner Natur. Daher musste er sich selbst ins Gedächtnis rufen, dass er sich auf einer Ermittlungsmission befand, und die Lady in grün das Objekt seiner Ermittlung darstellte. Also widerstand er dem Impuls, sich vom Geschehen abzuwenden und schaute dafür umso genauer hin.

Nach einigen Minuten fiel ihm auf, dass die Aktion nur vom Mann auszugehen schien. Die Lady wirkte eher gelangweilt, während ihr Partner in hingebungsvoller Leidenschaft agierte. Das ganze entwickelte sich zu einer ziemlich einseitigen Vorstellung, als die grüne Lady urplötzlich ihren weit geöffneten Mund auf den des Mannes presste.

Gerade, als Michael dachte, die Dame entwickele nun doch etwas mehr Gefühl für ihren jungen Liebhaber, da fiel ihm auf, dass der seine Bewegungen eingestellt hatte. Die Arme hingen ihm schlaff am Torso hinunter, und mit einem Male knickten ihm die Beine weg. Die Lady fing ihn auf, und obwohl der Mann sicherlich sein Gewicht hatte, schien es für die Dame in Grün ein Leichtes zu sein, ihn zu halten.

Sie löste ihren Mund von seinen Lippen, lies sodann den schlaffen Körper ihres Begleiters zu Boden gleiten, stieg dann über ihn und setzte sich rittlings auf dessen Brustkorb. Anschließend beugte sie sich vorneüber und näherte ihre Lippen erneut den seinen, gerade so, als wolle sie ihm einen Kuss geben. Doch ihr geöffneter Mund stoppte dabei eine Handbreit über dem des jetzt auf dem Rücken liegenden Mannes. Was dann geschah, ließ Michael einen Schauer des Grauens über den Rücken rieseln.

Ein strahlend helles, milchig-weiß erscheinendes Fluidum stieg aus dem geöffneten Mund des Mannes empor und wurde von der Lady in Grün gierig aufgesaugt. Michael befand sich nah genug am Geschehen um erkennen zu können, dass die Gestalt des liegenden Mannes auszumergeln begann. Gesicht und Hände bekamen rasch Falten und schrumpelten zusehens ein.

Michael stieß ein erschrecktes Keuchen aus. Er erlebte hautnah mit, wie die anderen Männer zuvor zu Tode kamen. Fassungslos beobachtete er, wie der Todeskuss der grünen Lady diesem armen Menschen alle Lebensenergie entzog. Wie ein Vampir. Nur statt des Blutes trank dieses unheimliche Wesen die Essenz alles Seins, die pure Lebensenergie. Hätte sich Michael auf ebener Erde befunden, wäre er vermutlich vor Grauen zurückgetaumelt. Doch hier im Baum sorgte seine Schreckreaktion dafür, dass er vom Ast abrutschte, und sich gerade noch abfangen konnte. Die dadurch entstandene Bewegung im Geäst schien von der unheimlichen Frau im Zimmer gegenüber bemerkt worden sein, denn ihr Gesicht wandte sich von ihrem Opfer ab, und dem Fenster zu. Dann stand sie mit einer fließenden Bewegung auf.

Michael zog sich hastig hinter den Baumstamm zurück und verharrte dann möglichst regungslos. Die Lady in Grün trat unterdessen an das Zimmerfenster heran und spähte aufmerksam auf die Straße hinunter. Auch den Baum, in welchem Michael seinen Beobachtungsposten bezogen hatte, musterte sie minutenlang aus zusammengekniffenen Augen. Schließlich trat sie einen Schritt zurück und schloss die Vorhänge.

Im Baum ertönte ein leises Pfeifen, als Michael die Luft, welche er zuletzt vor Anspannung angehalten hatte, wieder aus seinen Lungen entweichen ließ.

«Was für eine verdammte Scheiße!», fluchte der ESP-Ermittler leise vor sich hin. «Nicht auszudenken, wenn diese Todesfee mich entdeckt hätte. Ich glaube, ich sollte schleunigst von hier verschwinden.

Langsam, vorsichtig und darauf bedacht, möglichst keinen Lärm zu verursachen, machte sich der ehemalige Versicherungsmakler an den Abstieg.

Kurz bevor er vom Baum sprang, warf er noch einmal einen letzten Blick zu dem Fenster hoch, hinter dem gerade ein weiterer Mann einen unnatürlichen Tod starb. Ein erschütterndes Erlebnis, doch Michael wusste, dass er nicht das Wissen und die Mittel zur Verfügung hatte, um hier und jetzt das Finsterwesen in Gestalt einer attraktiven Frau zu vernichten.

Trotzdem nagte das Gesehene an ihm. Durch die Äste und Blätter des Baumes konnte Michael erkennen, dass die Vorhänge immer noch bis auf einen schmalen Spalt geschlossen waren. Als sich weiterhin nichts dort oben regte, sprang der Deutsche beherzt auf den Bürgersteig hinunter, lief dann rasch die Straße entlang bis zur Einmündung der Rochester Street in die Greycoat Street, bog dort um die Ecke und rannte noch hundert Meter weiter. Erst dann hielt er an, lehnte sich an die nächste Hausmauer, und schnappte, vornübergebeugt und die ausgestreckten Armen auf den Oberschenkeln abgestützt, heftig nach Luft. Gleich darauf musste er sich übergeben.

«Kacke!», fluchte er dann lauthals, als er sich wieder ein wenig gefasst hatte. «Das stand nicht auf dem Tagesplan, dass ich heute jemandem beim Sterben zusehen muss!»

Mit zittrigen Fingern angelte er sein Smartphone aus der Hosentasche und wählte Rissis Nummer. Der Mann mit dem karottenroten Haaren meldete sich sofort.

«Alles klar, Michael? Wo steckst du?»

«Rochester Street», lautete die wortkarge Antwort.

«Ah ja? Da bin ich gleich ums Eck, in der Rochester Row. Ich wusste nicht, wie dicht ich zu dir aufschließen sollte, nach deinem letzten Anruf. Warte, ich bin gleich bei dir und hole dich ab.»

«Gut, Danke. Beeile dich bitte. Ich will so schnell wie möglich weg von hier!»

Michael steckte sein Smartphone wieder ein, als ihm ein kalter Schauer über den Rücken ließ und er das Gefühl hatte, beobachtet zu werden. Er fuhr herum, und seine Augen suchten den Weg ab, welchen er gekommen war. Doch im spärlichen Licht der wenigen Straßenlampen konnte er nichts Verdächtiges entdecken. Trotzdem verließ ihn das Gefühl nicht, als lauere da draußen im Dunkeln etwas Unheimliches auf ihn.

Zum Glück bog in diesem Moment aus der anderen Richtung ein Auto in die Rochester Street ein und steuerte direkt auf Michaels Standort zu. Mit Erleichterung erkannte der Deutsche den Mini aus dem Fundus von Blair House, mit Rissi hinter dem Steuer. Hastig sprang Michael in den Wagen, schlug die Tür zu und rief: «Nichts wie weg von hier, Rissi. Gib Gas!»

Das ließ der Brite sich nicht zweimal sagen. Mit aufheulendem Motor und quietschenden Reifen verschwand der Wagen in der Londoner Nacht. Keiner der beiden Männer bemerkte die dunkle Gestalt in einem der Hauseingänge, die dem Mini mit finster glühenden Augen nachschaute.

Während der Rückfahrt gab sich Michael sehr wortkarg. Er musste erst einmal verdauen, was er gerade erlebt hatte. Außerdem wollte partout das Gefühl nicht weichen, dass ihn jemand beobachtete. Die ganze Zeit über stellten sich ihm die Nackenhaare auf, und er musste den Impuls unterdrücken, sich ständig umzusehen.

Erst als sie den Longfield Drive im Londoner Stadtteil Richmond erreichten, an dessen Ende Blair House lag, und die imaginäre Grenze passierten, welche das Anwesen für die Kräfte des NEGEM und für Normalsterbliche aus der Wahrnehmung ausblendete, wich dieses Gefühl, und Michael atmete erleichtert auf.

Kaum in der im Untergeschoss gelegenen Garage angekommen, sprang Michael unter den verdutzten Blicken Rissis aus dem Auto und stürmte die Treppe nach oben. Im ersten Stock angekommen, strebte er schnurstracks dem Wohnzimmer entgegen, und in diesem zur kleinen Bar hin. Dort nahm er eine Flasche Whiskey, goss zwei Finger breit davon in ein Glas und stürzte den Inhalt in einem großen Schluck hinunter. Er keuchte kurz auf ob der Schärfe des Getränks, dann stieß er einen tiefen Seufzer aus und entspannte seine Körperhaltung merklich.

Michael entnahm dem kleinen Eiswürfelbereiter einiges seines Inhaltes und gab die Würfel in sein Glas. Anschließend füllte er noch einmal Whiskey hinein. Doch dieses Mal trank er nicht gleich, sondern starrte gedankenverloren in die bernsteinfarbene Flüssigkeit, in dem sich die Eiswürfel leise knackend bewegten.

In dieser Haltung trafen ihn Rissi, Malcolm und Pater O'Flaherty an, als sie zu dritt das Wohnzimmer betraten.

«Ach hier bist du abgeblieben!», rief Rissi erleichtert aus, als er den Stuttgarter an der Wohnzimmerbar sitzen saß. «Ich habe mir schon Sorgen gemacht!»

«Du siehst ja schrecklich aus, Michael!», sagte Pater O'Flaherty besorgt und legte mitfühlend seine Hand auf die Schulter des Deutschen.

«Glaube mir, so fühle ich mich auch!», antwortete Michael dumpf.

«Willst du uns nicht erzählen, was geschehen ist?»

Michael schüttelte seinen Kopf. «Bitte wartet ab, bis die anderen auch zurückgekehrt sind. Ich möchte das nur einmal berichten müssen!»

Natürlich respektierten die drei Männer seinen Wunsch, schließlich konnten sie ja sehen, dass ihn etwas sehr mitgenommen haben musste.

Bald darauf kamen Rolfhardt und Crystal ins Wohnzimmer, begleitet von Bruder Jonathon. Rissi hatte sie per WhatsApp informiert, dass sie nach Blair House zurückkommen sollten. Rolfhardt eilte sogleich auf seinen Verlobten zu und nahm ihn fürsorglich in die Arme. Diese Nähe tat Michael gut, und so begann er nach einiger Zeit damit, von seinen Erlebnissen in der Greycoat Street zu berichten.

«... es war verdammt schrecklich, mit ansehen zu müssen, wie das Biest dem armen Kerl die Lebensenergie ausgesaugt hat. Am schlimmsten ist dieses Gefühl der absoluten Ohmacht gewesen. Ich hing in diesem Baum, und konnte gar nichts unternehmen, um den furchtbaren Mord zu verhindern!» Als Michael mit diesen Worten seinen Bericht beendete, schaute er in die versteinert oder entsetzt wirkenden Gesichter seiner Freunde.

«Du kannst den Mächten des POSEM danken, dass du nichts unternommen und dich zurückgezogen hast!», sagte Rolfhardt dann sanft und küsste Michael liebevoll auf die Stirn. «Alles andere wäre sträflicher, lebensgefährlicher Leichtsinn gewesen!»

«Zumal wir immer noch nicht wissen, mit was wir es da überhaupt zu tun haben», ergänzte Crystal.

Während Michaels Schilderung hatte Pater O'Flaherty, unbemerkt von den anderen, eine immer nachdenklichere Miene aufgesetzt. Nach Crystals letzter Bemerkung schoss ihm dann wie ein Blitz ein Gedanke durch seinen Kopf.

«Aber ja!», schrie er in jäher Erkenntnis auf, so dass die Anwesenden vor Schreck zusammenzuckten. «Das muss eine Sith sein!»

«Himmel, erschrecke uns doch nicht derart, Patrick!», tadelte ihn Crystal prompt.

«Sith, wie in Star Wars?», fragte Michael verständnislos.

Doch O'Flaherty winkte hektisch ab. «Entschuldigt, wenn ich euch erschreckt habe. Doch ich weiß nun, wer unser Gegner ist. Gerade ist es mir eingefallen!»

«Darth Vader?», versuchte sich Rissi in einer scherzhaft gemeinten Antwort.

«Nein, und Darth Sidious oder Count Dooku sind es auch nicht gewesen», entgegnete der irische Geistliche, der damit bewies, dass er durchaus wusste, woher die filmischen Anspielungen stammten. «Es muss sich um eine Baobhan-Sith handeln. Eine Art weiblicher Energievampir. Sie entziehen ihrer meist jungen, männlichen Beute alle Lebensenergie, saugen sie bis auf den letzten Quant wie ein Vampir aus den Körpern ihrer Opfer – Anwesende natürlich ausgenommen!» Letzte Bemerkung galt Rolfhardt, doch der weiße Vampir wischte das mit einer lässigen Handbewegung beiseite.

«Das würde natürlich den ausgemergelten Zustand der aufgefundenen Leichen erklären», folgerte er stattdessen. «Und auch den Umstand, dass es sich dabei durchweg um meist recht junge Männer handelte.»

«Deswegen hatte ich auch dauernd das Gefühl, dass ich das Geschehene zumindest schon einmal gehört habe», fuhr O'Flaherty fort, während er sich aufgeregt durch das grauschwarze Haar auf seinem Kopf fuhr. «Meine Urgroßmutter, Gott habe sie selig, hat mich als kleines Kind immer davor gewarnt, dass grüne Frauen umgehen, die danach trachten, jungen Männern den Kopf zu verdrehen und dann ihre Lebenskraft auszusaugen. Sie nannte diese Frauen Baobhan-Sith. Und ich weiß noch, mit welchem ernstem Gesichtsausdruck Granny Mavern diese Geschichten erzählte. Diese weiblichen Ungeister trieben vor allem in Irland und Schottland ihr Unwesen. Manchmal hatte ich Alpträume von diesen grünen Frauen, so dass meine Eltern Granny Mavern baten, mir nichts mehr davon zu erzählen. Doch jetzt ist es mir, als hätte ich alles gerade eben erst wieder gehört!»

«Hat dir deine Urgroßmutter auch beigebracht, wie man diesen Ungeistern das Handwerk legen kann?», erkundigte sich Crystal hoffnungsvoll.

Patrick überlegte einen Moment, dann hellte sich seine Miene schlagartig auf. «Aber ja!», rief er aus. «Eisen! Diese weiblichen Naturgeister kann man mit Eisen vernichten. Deswegen sind es auch Seelenvampire, die kein Blut trinken, wegen das darin vorkommenden Eisens!»

«Na, da hätten wir ja einiges im Fundus!», meldete sich Malcolm zu Wort. «Eisenstangen, Eisenpatronen, Eisensulfitlösung zum Injizieren, Eisengallustinte, Eisenstaub – es sollte mit dem Teufel zugehen, wenn wir dieses dämonische Biest damit nicht zur Strecke bringen können!»

«Müssen wir sie nur noch zu fassen bekommen ...», dämpfte Michael die hochschießenden Erwartungen. «Wir brauchen dazu einen Köder!»

«Du weißt aber schon, wer in unserer illustren Runde hier am ehesten ihrem Beuteschema entspricht?», fragte Crystal den Stuttgarter sanft.

«Na ja ...», antwortete der gedehnt. «Patrick ist - verzeih mir das bitte – zu alt. Auch Rissi und Malcolm, obwohl beide die Vierzig noch nicht überschritten haben. Bei Jonathon wird die üble Braut gleich merken, dass er mit dem POSEM im Bunde steht. Und Rolfhardt umgibt das Fluidum des Übernatürlichen, was die die grüne Dame auch sofort spitzkriegen dürfte. Da bliebe also ... oh!» Er machte plötzlich große Augen. «... ich!», vervollständigte er schließlich seinen Satz und stieß anschließend die Luft pfeifend zwischen den Zähnen aus. «Schöne Sch ...ande!»

«Ja, Michael», bestätigte Crystal diesen Fakt. «Du bist die unsere beste Chance, an die Baobhan-Sith heranzukommen. Zum einen besitzt du das richtige Alter, zum anderen hat die Dame bei ihrem heutigen Mord indirekt schon Kontakt zu dir aufgenommen. Sollte sie dich gesehen haben, oder bist du ihr irgendwie aufgefallen, wird sie dich schon aus eigenem Interesse heraus in ihre Finger kriegen wollen, weil sie befürchten muss, dass du zu viel weißt. Eine bessere Chance werden wir nie bekommen!»

«Mpfh ...», machte Michael mit missmutigen Gesicht. «Kann mir mal einer sagen, warum ich auf die Idee gekommen bin, Geisterjäger zu werden?»

«Vielleicht, weil du dadurch deinen zukünftigen Ehemann gefunden hast, mein Herz?», meinte Rolfhardt und küsste seinem Verlobten sanft auf den Haarschopf.

Michael musste lachen. «Durchaus ein Argument!», sagte er dann schon wieder etwas aufgemunterter. «Und ja, mir ist klar, dass die Wahl des ‹Opfers› auf mich fallen muss. Ich habe gesehen, wie eiskalt dieses Biest Männer tötet.

Wer weiß, wie lange das noch weitergeht, wenn wir diesem Dämon in Frauengestalt nicht Einhalt gebieten. Es sind schon zu viele Unschuldige ums Leben gekommen. Also – wie wollen wir vorgehen?»

Der Plan fiel einfach aus: Michael sollte wieder in diversen Lokalitäten auftauchen, bis die Baobhan-Sith Kontakt aufnahm. Seine Freunde und Team-Kollegen sollten derweil unauffällig, und mit Eisen in vielfältiger Form bewaffnet, in seiner Nähe abwarten. Michaels Auftrag bestand dann darin, mit dem Finsterwesen in eine unbelebte Seitenstraße zu gehen, wo der Zugriff dann erfolgen sollte.

Im Prinzip entsprach dies dem vorherigen Vorgehen. Allerdings gab es für die ESP-Ermittler auch keine anderen Alternativen, da man ja nicht wusste, wo man die Baobhan-Sith suchen sollte. Die Morde hatten immer in den Wohnungen der Ermordeten stattgefunden. Der Unterschlupf dieses irischen Waldgeistes blieb somit unbekannt. Also musste Michael sich wohl oder übel von der grünen Lady finden lassen.

Die Aktion sollte am späten Nachmittag des nächsten Tages starten, weswegen sich alle nach und nach in ihre Zimmer zurückzogen, mit Ausnahme von Bruder Jonathon, der zu seinem Orden zurückkehrte, um am nächsten Vormittag wieder zur Gruppe zu stoßen.

Die Nähe zu Rolfhardt und das Liebesspiel mit ihm halfen

Michael, die wachsende Unruhe und Nervosität im Griff zu behalten. Aber bei der Aussicht, mit einem Männer mordendem Ungeheuer auf Tuchfühlung zu gehen, hätte wohl auch bei jedem anderen dazu beigetragen, den Pulsschlag zu beschleunigen.

Auch die gemeinsamen Vorbereitungen des nächsten Tages lenkten den ehemaligen Versicherungsmakler ein wenig von seinem bevorstehenden Einsatz ab. Für jeden Beteiligten wurden Spritzen mit hochkonzentrierter Eisensulfitlösung vorbereitet. Rissi und Malcolm, die beide als ehemalige Wachmänner eine Lizenz für das Tragen von Handfeuerwaffen besaßen, bekamen mit Eisenvollmantelgeschossen beladene Pistolen ausgehändigt. Rolfhardt, Jonathon, Crystal und Pater O'Flaherty steckten zudem jeweils einen zugespitzten Eisenmeisel ein. Der irische Geistliche bewaffnete sich außerdem noch mit einem eisernen Kruzifix an einer Kette, während Jonathon und Rolfhardt noch eine Art Staubpistole so präparierten, die beim Abschuss eine Wolke von Eisenstaub freisetzte. Diesen Eisenstaub füllte auch jeder in eine seiner Jackentaschen, damit man mit einem schnellen Griff davon etwas werfen konnte. Solchermaßen gerüstete, sahen die Geisterjäger der bevorstehenden Konfrontation zuversichtlich entgegen.

Am Nachmittag saßen dann alle um den großen Tisch im Speisesaal herum und besprachen die letzten Einzelheiten bei Tee, Gurkensandwiches und Scones. Michael wollte gerade Teetasse und Unterteller in die Hand nehmen, aber seine Finger zitterten vor Aufregung derart stark, das beide

Geschirrteile aneinander klirrten, deshalb stellte er beides rasch wieder auf den Tisch zurück.

«Ich sollte wohl besser Beruhigungstee trinken, als Earl Grey», meinte er dann verlegen lächelnd, während er schließlich die Tasse mit beiden Händen anhob und zum Mund führte, um daraus zu nippen.

«Du machst das schon», sagte Rolfhardt sanft zu seinem zukünftigen Ehemann, und legte ihm beruhigend die Hand auf den rechten Unterarm. «Denk an letzte Nacht und schöpfe Kraft aus unserem Zusammensein. Das wird dir helfen!»

«Sagt jemand, der selbst über übermenschliche Kräfte verfügt ...», entgegnete Michael seufzend. «Aber ja, es verleiht mir Kraft, wenn ich an unser Zusammensein denke. Wenn ich erst einmal im Einsatz bin, werde ich die Sache auch hinbekommen. Im Moment fühle ich mich nur wie vor einer mündlichen Prüfung. Vor solchen haben meine Nerven schon immer auf das Heftigste geflattert!»

«Kann ich gut nachvollziehen, mein Junge», meinte Pater O'Flaherty mitfühlend. «Wenn ich an den Tag denke, an dem ich meine allererste Predigt halten sollte ... mir schlotterten die Knie, in meinen Eingeweiden rumorte ist, und als ich auf die Kanzel stieg, hätte ich mich fast übergeben!»

«Ehrlich?», staunte Michael mit großen Augen?

«Aber ja!», bestätigte O'Flaherty lachend. «Kein Scherz! Ich wäre am liebsten davongelaufen. Ach, was sage ich: Davongerannt! Selbst heute, nach all den vielen Jahren als Seelsorger, bin ich vor einer Predigt immer noch ein bisschen nervös.»

Das ‹Ping!› eines Smartphons lenkte die Aufmerksamkeit auf sich. Es handelte sich um das von Rissi, der es sogleich aus seiner Hosentasche zog und das Gerät auf Nachrichteneingang checkte.

«Mein Kontakt beim Yard», erläuterte der Mann mit den karottenroten Haaren. «Sie haben wieder eine männliche Leiche gefunden, in dem uns bekannten Zustand. Der Tote lag in einem Gebüsch im Archbishops Park. Also auf der anderen Seite der Themse, in der Nähe von Lambeth Palace. Dabei dürfte es sich wohl um das bedauernswerte Opfer von letzter Nacht handeln.»

«Das grüne Weib hat lang genug gemordet!» Michael hieb entschlossen mit seiner Faust auf den Esstisch. «Lasst uns die Sache angehen und den mörderischen Spuk beenden! Es müsste doch mit dem Teufel zugehen, wenn wir diesen Darth Vader unter den Monstern nicht zur Strecke bringen!»

«Möge die Macht mit dir sein! Abgesehen davon geht es, wenn man so will, tatsächlich mit dem Teufel zu! Aber natürlich in unserem Sinne.» O'Flahertys Ausruf ließ die Anspannung in allgemeines Gelächter umschlagen, was die Stimmung im Speisezimmer ein wenig löste.

Michael fühlte sich in diesem Moment auf einmal stark und entschlossen. Die Nähe der anderen gab ihm Mut und Kraft. Und vielleicht auch der neuerliche Liebesbiss Rolfhardts von letzter Nacht. Doch das Warum war ihm in diesem Moment herzlich egal. Er wollte die grüne Lady stoppen, ihren Todesküssen ein Ende bereiten, die ganze

Aktion schnell hinter sich bringen.

Daher gingen alle Beteiligten das Verabredete noch einmal in allen Einzelheiten durch. So hoffte man, Schwachstellen des Plans ausschalten zu können. Danach brachen sie zur Aktion «Eisenzeit», wie Malcolm den Einsatz betitelt hatte, auf.

Etwa eine Stunde später saß Michael mit einem Glas Ale an einem Tisch im Lokal «The Grenadier», welches sich nahe des Belgrave Place befand. In der Innentasche seines hellgrauen Sakkos trug er ein Smartphone mit Ortungsapp, mittels der ihn seine im Umkreis des Pubs positionierten Gefährten im Auge behielten.

Außerdem trug Michael eine mit Eisensulfitlösung befüllte Injektionsspritze mit sich. Zusätzlich hatte er sich noch mit einem eisernen, keltischen Kreuz ausgestattet, das er an einem Lederband befestigt um den Hals trug.

In der linken Tasche seines Sakkos befand sich als letzter Ausrüstungsgegenstand noch eine handvoll Eisenpulver. Er musste nur in die Tasche langen, das Pulver greifen, und nach seinem Gegner werfen. Soweit der Plan des Teams. Nun hieß er nur noch auf die Kontaktaufnahme zu warten.

Der Pub war jetzt, gegen 16.30 Uhr am Nachmittag nur mäßig gefüllt. In gut einer Stunde, wenn viele Angestellte noch einen schnellen Drink auf dem Nachhauseweg nahmen, würde das schon anders aussehen. Doch im Moment herrschte noch eine mäßige Geräuschkulisse vor.

Michael nahm sein noch fast vollständig gefülltes Glas und nahm einen Schluck von dem honigbraunem Ale darin. Es schmeckte würzig-frisch. Langsam kam der Deutsche auf den Geschmack beim englischen Bier, was am Anfang, wegen dessen sehr niedrigen Gehalts an Kohlendioxid, doch etwas gewöhnungsbedürftig war. Nicht daran gewöhnte Menschen empfanden das gerne einmal als schal. Aber es schmeckte von Mal zu Mal immer besser.

Langsam stellte er das Glas wieder zurück auf den kleinen Tisch vor ihm, wobei er unauffällig seinen Blick durch das Lokal wandern ließ. Doch noch konnte er von der grünen Lady keine Spur entdecken. Wundersamerweise fühlte sich der ESP-Ermittler ganz ruhig. Michael horchte in sich hinein und bemerkte tatsächlich kaum etwas von der Anspannung, die ihn noch am frühen Nachmittag beherrschte, in sich.

Die Minuten vergingen, und während der Bierpegel in Michaels Glas langsam sank, sinnierte der schlanke, braunhaarige Mann ein wenig vor sich hin. Er dachte an seine erste Begegnung mit dem Übernatürlichen zurück. Die Autopanne im Wald. Dann Cadwrigham House, dessen Hausherr, der Earl, sich als Vampir übelster Sorte entpuppte. Diese Begegnung hätte ihn fast das Leben gekostet, wäre dort nicht just in jenem Anwesen auch die von den Finstermächten verschleppte Crystal gefangen gewesen. Wie durch ein Wunder gelangten der Deutsche und die Britin in gedanklichen Kontakt, was Crystal ermöglichte, die Fremdbeeinflussung, welche sie in schrecklichen Alpträumen über den gewaltsamen Tod ihre

Mutter Celeste gefangen hielt, abzuschütteln. Crystal fand danach den Weg ins Verlies von Cadwrigham House, wo es ihr gelang, Michael zu befreien. Gemeinsam schafften sie dann die Flucht aus dem Haus des Vampirs.

Derart in Gedanken vertieft, zuckte Michael heftig zusammen, als ihn plötzlich eine Frauenstimme ansprach.

«Ein Penny für ihre Gedanken, junger Mann!»

Er schaute hoch in das Gesicht einer attraktiven Enddreißigerin mit tiefroten Haaren, und intensiv grünen Augen. Die Lady trug ein mitreißendes, smaragdgrünes, taillenbetontes Kleid, welches zudem die recht üppigen Brüste der Dame ziemlich eindrucksvoll zur Geltung brachte.

Michael wusste sofort, wer da neben vor dem Tisch stand, denn dieses Gesicht würde er sein Leben lang nicht mehr vergessen: die Baobhan-Sith! Die Männer meuchelnde Mörderin! Das Geschöpf des Todes!

Unwillkürlich zog Michael scharf die Luft ein, um dann ein leises «Oh!» auszustoßen.

Die Lady in Grün setzte ein liebenswürdiges Lächeln auf. «Ich darf doch hoffen, dass ich mich von Ihrer Reaktion geschmeichelt fühlen darf?», fragte sie mit falscher Freundlichkeit.

«Wie?», antwortete Michael irritiert, fing sich aber sofort wieder. «Aber ja!», sagte er dann schnell. «Sie sehen fantastisch aus, meine Dame. Eine so atemberaubende Erscheinung, dass ich für einen kurzen Moment überwältigt war!»

«Na, Sie sind mir ja ein Schmeichler!», lachte die Lady

kokett. «Aber lieben Dank für das nette Kompliment! Und ... machen Sie ruhig weiter damit!»

Michael erhob sich rasch und deutete auf den freien Stuhl an seinem Tisch. «Möchte Sie mir nicht für einen Moment Gesellschaft leisten?»

«Nur, wenn ich Sie nicht störe, oder davon abhalte, jemanden zu treffen!»

Michael winkte ab. «Man hat mich versetzt», sagte er lapidar. «Die junge Dame, mit der ich mich verabredete, sollte schon vor über eine Stunde hier sein. Ich rechne nicht mehr mit ihrem Erscheinen. Also ja, es wäre mir eine große Freude! Darf ich Ihnen etwas zu trinken holen?», erkundigte sich Michael, während er der Unbekannten galant den Stuhl zurecht schob.

«Das ist lieb, ja gerne. Einen Wodka Martini bitte!»

«Sind Sie etwa mit James Bond verwandt?»

Die Dame in Grün lachte etwas zu übertrieben für Michaels Geschmack. «Nicht das ich wüsste!»

«Na dann ... ich gehe rasch zur Theke und bestelle Ihnen ihren Drink. Danach verschwinde ich mal kurz für kleine Leute. Das Bier, Sie verstehen? Nicht, dass Sie meinen, ich hätte die Flucht ergriffen!»

«Ja, danke. Ist in Ordnung. Also bis gleich!»

Der Geisterjäger blinzelte noch einmal freundlich, dann strebte er der Theke zu, um dort die Bestellung für die Baobhan-Sith aufzugeben. Anschließend eilte er auf die Herrentoilette, fand dort eine leere Kabine vor, die er rasch betrat. Als er die Tür hinter sich abgeschlossen hatte, lehnte er sich erst einmal gegen die Wand, den Hinterkopf angelehnt, und atmete mit verschlossenen Augen ein paar mal tief durch.

Erst jetzt merkte er, wie sein Puls raste und wie weich seine Knie sich anfühlten.

«Verflucht ...», stieß er einen leisen Stoßseufzer aus. «Und ich kann noch nicht einmal sagen, dass ich zu alt für diesen Scheiß wäre ...»

Hastig kramte er nach seinem Smartphone im Jackett und wählte Crystals Nummer.

«Ich habe Kontakt aufgenommen!», sprudelte es aus ihm hervor, kaum, dass sich die grünäugige Engländerin am anderen Ende meldete.

«Und du bist dir absolut sicher, dass *Sie* es ist?», vergewisserte sich Crystal zur Sicherheit noch einmal.

«Glaube mir, *dieses* Gesicht werde ich niemals vergessen!», lautete Michaels bestimmt klingende Antwort.

«Gut. Ich informiere die anderen. Wir werden alle rund um «The Grenadier» engere Positionen beziehen. Du kommst zurecht?»

Michael nickte, und musste dann über sich selbst grinsen, weil Crystal die Kopfbewegung ja nicht sehen konnte.

«Keine Sorge, ich stehe das durch. Lasst uns das Biest zur Strecke bringen!»

Er steckte sein Telefon wieder ein, sammelte sich kurz und atmete noch ein paar Mal tief ein und aus. Anschließend gab er sich einen Ruck, kehrte er in den Gastraum zurück und nahm neben der Baobhan-Sith, die ihr Getränk zwischenzeitlich erhalten hatte, am Tisch platz.

Es begann ein leichtes Tischgespräch, bei dem der

weibliche Dämon versuchte, Michael Einzelheiten zu seinem Privatleben zu entlocken. Doch der, geschult durch seine frühere Tätigkeit in der Versicherungsbranche, verstand es, geschickt auszuweichen, und das Gespräch wieder in Richtung von Belanglosigkeiten zu lenken. Allerdings deutete er an, derzeit ungebunden zu sein, weil er leider die Richtige im Leben noch nicht angetroffen habe. Sein aktueller Versuch anzubändeln, wäre ja an diesem Abend geplatzt, weil sein Rendezvous ihn, wie er ja schon zuvor bemerkte, versetzt hatte.

«Immerhin tauchten Sie dann auf, meine Liebe», flötete er zuckersüß. «Das hat mir zumindest diesen Abend gerettet. Dafür haben Sie was gut bei mir!»

«Ach, Sie sind aber lieb, mein Guter!», lachte das Finsterwesen. «Aber sagen Sie ...?»

«Oh, stimmt ja, ich habe mich ja noch gar nicht vorgestellt – wie unhöflich von mir. Mein Name ist Martin. Martin Cobberforth, von den Cobberforths aus dem Lake District.»

«Mich dürfen sie Laura nennen, Martin. Was ich sagen wollte ... hier ist es recht laut geworden, was die Unterhaltung anstrengend macht. Können wir uns nicht an einen anderen Ort begeben, der etwas ... intimer ist?»

«Hm ...», machte Michael, und versuchte, nachdenklich zu wirken. «Ich wohne zur Zeit in unserem Familienstadthaus am Eaton Place. Also das wäre nicht weit weg. Natürlich könnten wir gerne zu mir gehen. Getränke wären genug vorrätig. Dafür sorgt schon mein Herr Vater. Aber ich bin mir gerade ein wenig im Zweifel, ob es schicklich wäre,

Sie schon nach nur so kurzer Bekanntschaft gleich in mein Haus einzuladen.»

«Hu, ein junger Mann mit tadelloser Moral?» Die Dämonin lachte und klatschte in die Hände. «Das ist ja was ganz Seltenes in diesen Tagen! Ich denke, wir sind beide erwachsen genug, um solche Vorbehalte beiseitelassen zu können. Es sei denn natürlich, Sie wollen nicht mit mir alleine sein. Ist das so?»

«Nein, nein ...», beeilte sich Michael, zu sagen. «Ich genieße ihre Gegenwart! Im Gegenteil, es wäre mir eine große Ehre, Sie in meinem Haus begrüßen zu können!»

Er schaffte es, dabei freundlich zu lächeln, obwohl er innerlich eher das Gefühl hatte, sich übergeben zu müssen, angesichts der Falschheit und Verderbtheit seines dämonischen Gegenübers. Auf die gleiche Art und Weise hatte die Baobhan-Sith schließlich schon viele andere junge Männer in einen grausigen Tod gelockt.

«Das freut mich», entgegnete die grüne Lady. «Wollen wir dann aufbrechen? Der Eaton-Place ist ja nicht weit weg. Ich nehme nicht an, dass Sie mit dem Autor hierher kamen, oder?»

«Es sind nur etwa 15 Gehminuten von hier», erwiderte der Geisterjäger. «Die laufe ich immer zu Fuß. Ich trinke niemals Alkohol, wenn ich Auto fahre. Also verbietet sich das fahren damit schon von selbst.»

«Das ist äußerst löblich, Michael. Diese Einstellung kann durchaus lebensverlängernd sein!»

Michael musste sich beherrschen, damit ihm seine Gesichtszüge nicht entglitten, während er bei sich dachte, was für eine falsche Schlange er da vor sich hatte.

Er erhob sich, und die Baobhan-Sith folgte seinem Beispiel. Der Stuttgarter bot ihr den Arm an, dann begaben sie sich gemeinsam zur Ausgangstür.

«Sagen Sie Michael ...», begann die Dämonin eine Frage, während sie langsam die Wilton Row in Richtung Wilton Cres entlang schlenderten. «... Sie erwähnten, dass ihre Familie aus dem Lake District stammt. Allerdings höre ich bei Ihnen einen Dialekt heraus, der sich eher ausländisch anhört.»

«Erwischt!», gab Michael lachend zu. «Das ist die Schuld meines Vaters.»

«Wie das?»

«Er steht im diplomatischen Dienst ihrer Majestät. Deswegen verbrachte ich meine Kindheit und Jugend in Schulen und Internaten in der Schweiz und am Lake Constance in Deutschland. Ich spreche Deutsch genauso fließend, wie meine Muttersprache. Allerdings hat das seine Spuren hinterlassen, wie man unschwer heraushört.»

Die grüne Lady lachte kurz. «Das erklärt einiges», meinte sie dann in normalem Tonfall. Doch ihre nächsten Worte gewannen dafür drastisch an Schärfe.

«Aber nicht alles! Zum Beispiel, warum du mir nachspioniert hast!»

«Wie?», antwortete Michael alarmiert. Schlagartig sprang sein Pulsschlag nach oben. «Nachspioniert? Ich habe Sie doch eben im Pub zum ersten Mal in meinem Leben getroffen!»

«Ich bin mir ziemlich sicher, dass du es warst, der mein

letztes ... *Schäferstündchen* von einem Baum aus beobachtet hat. Dabei mag ich es überhaupt nicht, wenn man mein Geheimnis ans Licht zerrt. Nun, es wird das Letzte sein, was du, warum auch immer, getan hast!»

Michael wartete nicht ab, sondern begann zu rennen, während er gleichzeitig sein Smartphone aus der Tasche angelte, um seine Freunde zu alarmieren. Das Geschehen hatte nämlich vorzeitig eine ungute Wendung genommen.

Er schaffte es zwar noch, das Telefon aus der Hosentasche zu ziehen, doch da war die Dämonin auch schon neben ihm und schlug ihm das Gerät aus der Hand.

«Oho, du arbeitest nicht allein!», lachte die Baobhan-Sith höhnisch. «Aber das nützt dir nicht viel. Ich habe Mittel und Wege, uns zu verbergen!»

Noch bevor Michael etwas darauf erwidern konnte, hauchte das Finsterwesen dem Geisterjäger eine grünliche Wolke ins Gesicht, woraufhin er sofort das Bewusstsein verlor. Der Plan von ihm und seinen Freunden schien an dieser Stelle grandios zu scheitern, und sein Leben hing von einem Moment zum anderen an einem seidenen Faden ...

«Er ist weg!»

Crystal starrte fassungslos auf die Stelle, an der eben noch Michael und die Baobhan-Sith im Licht der Straßenlaternen zu erkennen gewesen waren.

Als Michael zu rennen begann, von dem Finsterwesen

verfolgt, hatten auch die Freunde ihre Verstecke verlassen, um dem Bedrängten zu Hilfe zu eilen. Doch plötzlich, von einem Moment zum anderen, hatten sich die Gestalten von Michael und der unheimlichen Frau in Luft aufgelöst!

Aus verschiedenen Richtungen kamen Crystal, Rolfhardt, Bruder Jonathon, Pater O'Flaherty, Rissi und Malcolm zu der Stelle gestürzt, an dem sich eben noch Michael und die grüne Lady befunden hatten. Die Aufregung unter den Freunde war groß, denn mit einer solchen Entwicklung der Lage hatte wirklich niemand gerechnet.

«Wie kann das sein? Eben konnte man beide doch noch ganz deutlich erkennen?» Rolfhardt griff sich bestürzt an den Kopf und schritt hastig im Kreis herum, nach einer Spur Ausschau haltend. Die Angst um seinen zukünftigen Ehemann trieb ihn um, was man ihm deutlich anmerken konnte. Aber auch allen anderen fühlten sich sehr unwohl mit der Entwicklung der Dinge.

«Ich spüre eine Präsenz, aber es ist undeutlich», sprudelte er dann hastig hervor. «Es fühlt sich an, als hätte man meinen Sinnen ein Schalldämpfer aufgesetzt. Da ist etwas, aber ich kann weder die Richtung, noch die Entfernung bestimmen!»

«Die grüne Hexe muss sich und Michael magisch abgeschirmt haben!», mutmaßte Jonathon laut. «Wenn du etwas spürst, dann muss das bedeuten, dass sie sich noch in der Nähe befinden!»

«Ausschwärmen und auf alles achten, was merkwürdig erscheint!», befahl Crystal daraufhin ihren Leuten. «Es ist eine Chance, also nutzen wir sie!»

Das ließen sich die Geisterjäger nicht zweimal sagen. Ohne, dass es ausgesprochen wurde, wusste jeder, dass es für Michael um Leben und Tod ging. Also schwärmten sie mit ausgebreiteten Armen sternförmig auseinander, mit bis zum äußersten angespannten Sinnen. In der Kürze der Zeit konnte die Baobhan-Sith mit ihrem Opfer noch nicht sehr weit gekommen sein. Doch schon im nächsten Moment geschah etwas, was ihre Hoffnungen zerstörte. Sie konnten das Startgeräusch eines Motors hören, der im nächstern Moment aufheulte. Dann fuhr etwas Unsichtbares mit quietschenden Reifen in die Nacht davon.

«Michael!» Rolfhardts verzweifelter Ruf klang die schmale Straße entlang.

Und auch die restliche Gruppe wusste, was das hieß: Nämlich, dass sie die Spur des weiblichen Dämons, und die Michaels verloren hatten.

Etwa fünfzehn Minuten später gaben die Geisterjäger vor Ort ihre Spurensuche auf. Sie hatten leider nicht den geringsten Hinweis auf Michaels Verbleib finden können. Besonders Rolfhardt traf dieser Umstand hart. Dennoch gab er sich äußerste Mühe, nicht in kopflose Panik zu verfallen und einen klaren Kopf zu behalten.

«Und was nun?», fragte er schließlich in die Runde, bemüht, nicht allzu hoffnungslos dabei zu klingen.

Automatisch richteten sich dabei alle Augen auf Crystal. Die 22-jährige Engländerin stand hochaufgerichtet da, und es schien, als würde sie auf etwas lauschen. Der Blick ihrer Augen wirkte geistesabwesend, verschleiert, und in die Ferne gerichtet.

Weil sie auf ihren Namen nicht gleich reagierte, berührte Pater O'Flaherty die rothaarige Frau sacht am linken Arm, wobei er noch einmal leise ihren Namen rief.

Daraufhin klärte sich Crystals Blick wieder. Sie schüttelte sich kurz und musterte ihre erwartungsvoll vor ihr stehenden Freunde und Mitarbeiter.

«Ich habe Michael gespürt!», erklärte sie dann mir ruhiger, unaufgeregter Stimme. «Seit unserem Aufeinandertreffen in Cadwrigham House gibt es da eine Verbindung auf geistiger Ebene zwischen uns. Damals half er mir dabei, den magischen Bann abzuschütteln, unter dem mich der Earl of Cadwrigham, dieser widerliche dunkle Vampir und seine üble Bande an Finsterwesen, gefangen gehalten hatte. Die Not von Michael und mir schlug auf noch unbekannte Art diese Brücke zwischen unseren Gedanken. Seither dachte ich, das hätte mit unserer Flucht aus dem Landhaus ein Ende gefunden. Doch jetzt, wo Michael in Not ist, spüre ich ihn wieder!»

«Wo ist er? Geht es ihm gut?», platzte es aus Rolfhardt heraus.

Crystal schüttelte jedoch bedauernd ihren Kopf. «Ich spüre ihn zwar, Rolfhardt, kann aber nur sagen, dass er lebt. Wo er sich aufhält, ist für mich hier nicht zu lokalisieren. Dafür gibt es zuviel, was unsere Verbindung stört. Wir sollten nach Blair House zurückkehren. Das Haus schirmt mich von allen störenden Einflüssen ab. Dort gelingt es mir möglicherweise mehr herausfinden.»

«Worauf warten wir dann noch?», rief Rolfhardt und setzte sich in Richtung ihrer Autos in Bewegung. «Lasst uns keine Zeit verlieren. Jede Sekunde zählt!»

Dagegen gab es natürlich keine Einwände, denn der Wiener Aristokrat hatte völlig recht. Die Baobhan-Sith hatte sich Michael gekrallt, und jeder konnte sich ausrechnen, welche Pläne sie mit dem jungen deutschen Mann hatte. Vor allem vor dem Hintergrund der Tatsache, dass ihr bewusst sein musste, dass Michael ihr tödliches Geheimnis kannte.

Kurz darauf jagten drei Autos durch das nachtdunkle London im Kampf gegen die Zeit Blair House entgegen.

Michaels erstes Gefühl, während er langsam wieder zu sich kam, bestand aus einem brüllendem Kopfschmerz. Sein Kopf schien zudem in dicke Watte gepackt worden zu sein, die nicht zuließ, dass die Pein sich rasch wieder verflüchtigte. Mühsam versuchte der Stuttgarter, einige tiefe Atemzüge zu nehmen, was ihm nach anfänglichen Schwierigkeiten dann auch gelang. Mit jedem tiefen Luft holen, nahm der allgegenwärtige Schmerz ab, und seine Sinne klärten sich.

Langsam öffnete er seine Augen. Da erst realisierte er, dass er auf dem Rücken lag, und gegen eine grob gemauerte, gewölbte Decke aus dunklen Backsteinen starrte. Der Deutsche versuchte, seine Position zu verändern, konnte aber Arme und Beine, die sich in einer gespreizten Lage befanden, nicht frei bewegen.

Da das Pochen in seinem Schädel langsam auf ein erträgliches Maß gesunken war, wagte er es, den Kopf zur Seite zu drehen sowie ihn etwas anzuheben, um nach den Armen auch in Richtung seiner Beine zu spähen. Was er allerdings sah, erfreute ihn nicht besonders. Offensichtlich hatte ihn jemand an seinen Extremitäten an ein Bett fixiert. Aus eigener Kraft konnte er sich aus dieser Position nicht so leicht selbst befreien, das realisierte er sofort.

Außerdem wusste er nicht, wo er sich überhaupt befand. Seine Umgebung schien eine Art Gewölbekeller zu sein. Es war kühl, feucht, und roch ein bisschen muffig. Das Bett, auf dass man ihn in dieser misslichen Position gefesselt hatte, sah auch so aus, als lägen seine besten Tage schon weit hinter ihm.

Michael brachte den Kopf zurück in eine gerade Position, und während er wieder an die Gewölbedecke über sich starrte, versuchte er, sich zu erinnern, was überhaupt geschehen war, bevor ihm den Film riss. Der Pub kam ihm in den Sinn, und dass er die gesuchte Dämonin dort angetroffen hatte. Zusammen mit ihr verließ er den Pub, als plötzlich ...

Er stöhnte auf, als ihm mit einem Male alles wieder einfiel. Nämlich, dass der schöne Plan der Geisterjäger in einem einzigen Moment in sich zusammenfiel, weil die Baobhan-Sith Michael als denjenigen wiedererkannte, der ihr und ihrem letzten Opfer folgte und beobachtete, wie sie das Leben aus der armen Seele gesaugt hatte. Offensichtlich konnte sie sich mit Michael in Sicherheit bringen, bevor Crystal, Rolfhardt und die anderen zu seiner Rettung vor Ort eintrafen. Sonst befände er sich bestimmt nicht in dieser gefährlichen Situation.

«Ah, mein lieber Gast hat ausgeschlafen!», drang in diesem Moment eine gehässig klingende, weibliche Stimme so unvermittelt an sein Ohr, dass der Geisterjäger vor Schreck zusammenzuckte.

Das von kastanienrotem Haar umrahmte Gesicht der Baobhan-Sith kam in sein Sichtfeld. Die grünen Augen darin funkelten ihn tückisch an.

«Wo bin ich?» Michael versuchte, bei dieser Frage möglichst ruhig rüberzukommen. Er wollte kein Bild des Jammers abgeben.

«Du darfst dich geehrt fühlen, mein junger Freund – dies hier ist mein Rückzugsort in London. Normalerweise ‹speise› ich hier nicht, sondern ruhe. Für dich mache ich allerdings eine Ausnahme. In der Nähe des ‹Grenadier› herrschte entschieden zuviel Betrieb. Mir scheint, dass du und deine Freunde mehr über mich in Erfahrung gebracht haben, als mir lieb sein kann. Nur dass dir dieses Wissen nicht mehr viel nützen wird!» Die grüne Lady warf ihren Kopf in den Nacken und lachte in grässlichen Tönen. «Wie konntet ihr mir überhaupt auf die Schliche kommen? Das würde mich doch sehr interessieren!»

«Nigel Sullivan ...», antwortete Michael zögernd, während er fieberhaft überlegte, was er erzählen konnte. Außerdem musste er auf Teufel komm raus Zeit schinden, damit seine Freunde eine Chance hatten, ihn zu finden.

110

«Er war ein Freund von mir und hat vor seinem unerklärlichen Tod mehrmals von einer Frau geschwärmt. Deren Beschreibung passt auf Sie wie die Faust aufs Auge. Und diese Frau muss die Letzte gewesen sein, mit der er zusammen seine Freizeit verbrachte. Also habe ich angefangen zu recherchieren, und ein paar Freunde zusammengetrommelt, um diese geheimnisvolle Frau aufzuspüren. Ich wollte unbedingt erfahren, ob Sie etwas über seine Todesumstände weiß. Leider habe ich mehr herausgefunden, als ich wollte. Und jetzt? Was haben Sie mit mir vor ...?»

«Oh, das kannst du dir doch sicher denken, mein Freund ...», flötete die Dämonin zuckersüß.

«Du willst mir das Leben aussaugen, wie all den anderen, jungen Männern zuvor auch», stellte Michael in sachlichem Tonfall fest.

«Richtig, mein junger Freund, das ist genau das, was ich im Sinn habe. Du musst Gedanken lesen können!», bestätigte die Baobhan-Sith Michaels Worte, wobei sie verschlagen grinste. «Ich muss mich ja schließlich nähren. Und die Lebenskraft von jungen Männern schmeckt so berauschend süß!»

«Und warum hast du mich noch nicht ausgesaugt?» Unwillkürlich versuchte er, an seinem Oberkörper entlangzuschauen.

«Oh, suchst du dein Eisenamulett?» Die Baobhan-Sith lachte schrill.

«Zum einen, was nützt ein Eisenamulett, wenn man es an einem Lederband trägt, welches ich gefahrlos anfassen kann? Und zum anderen: Schon mal was von Handschuhen gehört?» Erneut warf sie den Kopf lachend in den Nacken.

«Du wolltest wissen, warum dich noch nicht an dir gelabt habe? Nun, ganz einfach: Du bist noch nicht ganz reif! Erst, wenn du in voller Liebe zu mir entbrennst, schmeckt mir deine Lebensenergie so süß, wie ich es mag!»

«Eine Bestie wie dich kann ich niemals lieben!», schleuderte Michael seine Worte wütend der Baobhan-Sith entgegen.

«Oh glaube mir, du wirst», entgegnete diese trocken. «Ich habe dafür meine Mittel und Wege. Allerdings bedarf es dafür noch ein wenig an Vorbereitung. Aber keine Angst, es wird nicht mehr lange dauern!»

Mit einem letzten, kreischenden Auflachen wandte sich die Kreatur des NEGEM von ihm ab und verschwand aus seinem Blickfeld.

Michael schluckte trocken und schloss für einen Moment die Augen. Er fühlte entsetzliche Angst, die sich in jede Faser seines Körpers auszudehnen schien und den Magen mit einem Eisklumpen füllte. Ähnliches hatte er nur damals in Cadwrigham House empfunden, als er sich in den Fängen des Vampir-Earls befunden hatte, wie jetzt, den nahen Tod vor Augen.

Da durchzuckte ihn ein Gedankenblitz, wie ein Licht der Hoffnung in finsterer Nacht. In Cadwrigham House konnte er in höchster Not eine geistige Verbindung mit Crystal herstellen. Zwar befanden sie sich seinerzeit im gleichen Gebäude, und damit viel näher zusammen als jetzt gerade. Doch in den Wochen und Monaten seit ihrer gemeinsamen

Flucht aus dem Vampirbau hatte er Dinge erlebt, von denen er nicht im Traum dachte, dass diese jemals existieren würden. Immerhin ergab sich damit ein Hoffnungsschimmer, an den sich der schlanke Mann klammerte, wie ein Schiffbrüchiger an ein Stück Holz.

Und so begann Michael mit aller Kraft einen geistigen Hilferuf an Crystal zu senden. Mehr konnte er aus seiner jetzigen Lage heraus auch nicht machen, so liegend ans Bett gefesselt. Jedenfalls nahm er sich vor, die Hoffnung nicht aufzugeben, wenn nötig, bis zur letzten Sekunde seines Lebens.

Die Fahrt durch die wenig belebten Straßen des nächtlichen London schien ewig zu dauern. Vor allem für Rolfhardt, der mehr noch wie alle anderen, Angst um seinen jungen Verlobten hatte. Trotzdem bemühte sich der einstige Wiener Aristokrat nach außen hin um Ruhe. Das gelang ihm auch, wo er doch mehr als 200 Jahre Lebenserfahrung besaß. Aufgeregtheit und kopfloses Handeln könnten sich in der gegenwärtigen Lage mehr als kontraproduktiv erweisen. Nur Ruhe und Besonnenheit würden jetzt noch helfen.

Und er vertraute auch auf Crystals Intuition. Die junge Britin besaß die Gabe der übersinnlichen Wahrnehmung. Das hatte sie im Zuge der Kreuzfahrt des Schreckens auf der MS SERPENTIA beweisen, und erst Recht bei den Spukerscheinungen im Firmengebäude von CLAYTON

SOFTWARE ENGENEERING in der Berrymoore Street hier in London. Wenn jemand herausfinden konnte, wohin die Baobhan-Sith Michael verschleppt hatte, dann war das Crystal Blair!

Endlich fuhren sie den Longfield Drive im Londoner Stadtteil Richmond hinauf, an dessen Ende sich das Anwesen von Blair House verbarg. Normale Menschen oder Wesen des NEGEM konnten Blair House in der Regel nämlich nicht wahrnehmen. Magische Schutzwälle ‹blendeten› das Anwesen aus dem Bewusstsein diese aus. Für diesen Personenkreis endete der Longfield Drive ein gutes Stück unterhalb des Anwesens als Sackgasse vor einem brach liegenden, mit Büschen und Wildpflanzen überwucherten Gartengrundstück. Nur die Bewohner von Blair House, die Angehörige des Benediktinerordens von Buckfast, und Gäste, die man förmlich nach Blair House einlud, waren imstande, die weiterführende Straße, den Garten und das Gebäude selbst zu sehen.

Die beiden Flügel des eisernen, mit magischen Bannsymbolen versehenen Grundstück-Tores schienen sich mit aufreizender Langsamkeit zu öffnen, als der Wagen mit Crystal und Rolfhardt als Erster davor abstoppte. Kaum, dass sich das Tor weit genug geöffnet hatte, ließ Crystal den Motor aufheulen, und der Lexus sprang noch vorne und tauchte in die Einfahrt hinab, welche zur im Untergeschoss von Blair House befindlichen Garage führte, dicht gefolgt von den beiden anderen Fahrzeugen.

Gleich darauf parkten die Autos in der weitläufigen KFZ-Halle, von der aus die ganze Gruppe geschlossen über die

Aufzüge ins Erdgeschoss hoch fuhr. Anschließend suchten sie die große Bibliothek auf und nahmen auf einer der weitläufigen Sitzgruppen platz. Wie auf Kommando richtete sich nun die Aufmerksamkeit aller auf Crystal. Von ihr erwarteten die Geisterjäger Aufschluss über Michaels Schicksal. Doch diese geballte Zuwendung störte sie eher, als es sie unterstützte. Deswegen schüttelte sie etwas unwillig ihren Kopf.

«Leute, ich kann eure Sorge ja verstehen ...», sagte sie nachdrücklich, «... aber wenn ihr mich alle dermaßen anstarrt, dann kann ich mich nicht auf Michael konzentrieren. Also bitte, beschäftigt euch anderweitig, und seid leise dabei. Sobald ich etwas herausgefunden habe, teile ich euch das sofort mit. Versprochen!»

Entschuldigungen murmelnd, rückten ihre Leute sofort von ihr ab und gaben ihr den Freiraum, den sie für ihre Konzentration benötigte.

Crystal schloss ihre Augen und versenkte sich ganz in sich selbst. Sie fokussierte sich auf das, was sie schon in der Innenstadt von Michael gespürt hatte: sein mentales Echo, das Abbild seiner geistigen Präsenz. Während der Fahrt hierher hatte sie den Kontakt dazu mehrmals verloren. Zuviel Ablenkendes verhinderte dabei die Konzentration. Doch jetzt, hier in Blair House, stach Michaels Bewusstsein wie ein Leuchtfeuer hervor. Der Verbindung zwischen ihm und ihr, Crystal, erschien ihr genau so klar, wie damals in Cadwrigham House.

«Michael lebt!», rief sie in die gespannt wartende Runde, was allgemeines aufatmen hervorrief. «Ich kann ihn deutlich spüren.»

«Wo steckt er?», wollte Rolfhardt sogleich wissen.

Crystal antwortete nicht sofort, aber die Freunde sahen ihr die extreme Konzentration an, mit der sie sich um den Kontakt zum entführten Michael bemühte.

«Das ist nicht ganz klar ...», antwortete sie langsam, fast wie in Trance, während sie ihre Augen weiterhin geschlossen hielt.

«Ich sehe einen Drachen, weiß aber nicht, was das bedeuten soll. Michael erscheint mir unbeweglich. Um ihn herum ist Erde und Gemäuer ...»

«Er wurde doch nicht unter der Erde eingemauert?» Rissi zog erschrocken scharf die Luft zwischen seinen Zähnen ein.

«Wahrscheinlicher ist, dass er sich in einer Art Untergeschoss oder Keller aufhält», meinte Pater O'Flaherty beruhigend.

«Dem stimme ich zu», meldete sich Crystal wieder zu Wort. «Eine Geistesverbindung ist kein Skype-Anruf. Manches, was ich sehe, ist symbolhaft und deutet im übertragenen Sinne auf etwas hin. So wie dieser Drache ... wenn ich nur wüsste ...»

«Dragon Road!», entfuhr es da Bruder Jonathon so laut, dass fast alle zusammenzuckten. «Vielleicht ist die Dragon Road im Willowbrook Estate gemeint! Deswegen der Drache!»

«Aber da braucht man von hier ja fast drei Stunden hin!», rief Rolfhardt entsetzt aus.

Auch die anderen, mit Ausnahme von Crystal, schauten

betroffen drein. Die stieß stattdessen einen spitzen Schrei aus und griff sich mit der linken Hand an ihre Stirn.

«Was ist passiert?», erkundigte sich Rolfhardt besorgt. «Michael, ist er ...?»

Crystal winkte ab. «Er lebt noch, muss sich aber gerade an unseren Kontakt in Cadwrigham House erinnert haben. Scheinbar hat er sich voll und ganz auf mich konzentriert, denn plötzlich spürte ich seine Gegenwart wie einen heftigen Stich in meinem Kopf!»

«Dann ist noch alles in Ordnung mit ihm?», fragte Rolfhardt hoffnungsvoll.

«Ja und nein ...», dämpfte Crystal die aufkommenden Erwartungen. «Er liegt gefesselt auf einem Bett, und die Baobhan-Sith will sich in Kürze seine Lebenskraft einverleiben. Uns bleibt nicht mehr viel Zeit, um Michael zu retten. Und ja, wie Jonathon treffend vermutet hat, befindet er sich wirklich in der Dragon Road.»

«Aber drei Stunden Fahrt – bis dahin hat dieses Unweib Michael doch ausgesaugt!» Schiere Verzweiflung sprach aus Rolfhardts Worten.

«Deswegen werde wir auch auf anderem Wege dorthin gelangen!»

Crystals kurzer Satz ließ alle Anwesenden verblüfft verstummen.

«Aber wie ...?» Rolfhardts Gesichtsausdruck bildete bei diesen Worten ein einziges Fragezeichen.

«Es gibt einen anderen Weg», antwortete Crystal ruhig. «Das hat sich mir gerade jetzt, in diesem Moment offenbart. Nein – keine Fragen jetzt, dazu drängt die Zeit zu sehr. Ihr werdet später alles erfahren. Rolfhardt, Patrick, Jonathon – euch kann ich mitnehmen. Bewaffnet euch mit der Eisenausrüstung. Und dann begeben wir uns unverzüglich ins Untergeschoss! Rissi und Malcolm halten in der Zwischenzeit hier die Stellung.»

«Ins Untergeschoss?» Rolfhardt schaute erst Crystal, dann Jonathon und Patrick voller Unverständnis an. «Aber wie sollen wir von dort in die Dragon Road kommen, wenn es mit den Autos drei Stunden dauert?»

«Wer werden einen kleinen Umweg nehmen!», lautete Crystals geheimnisvolle Antwort. «Jetzt aber los! Wir haben keine Sekunde zu verlieren!»

«Wer wird denn hier ein Nickerchen machen, wenn man gleich dem Objekt aller feuchten Träume gegenüber liegt?» Die unangenehm kreischende Stimme der Baobhan-Sith drang an Michaels Ohr, der nach wie vor mit geschlossenen Augen gefesselt rücklings auf dem Bett lag und mit aller Macht an Crystal dachte.

«Komm, komm, mein Liebchen. Es wird Zeit, dass ich dich aufs Essen vorbereite!» Ein böses Lachen schloss sich diesen Worten an, während sich der weibliche Dämon über den ans Bett gefesselten Michael beugte, so dass ihr langes, kastanienrotes Haar auf sein Gesicht hinabfiel.

Ein süßlich-würziger Duft stieg in Michaels Nase, und mit den nächsten Atemzügen wurde ihm davon ganz schwummerig zumute. Er schüttelte seinen Kopf und versuchte dadurch die aufkommende Benommenheit abzuschütteln. Das gelang ihm aber nicht. Stattdessen schiene Hitzewellen durch seinen Körper zu laufen.

«Gefällt dir mein Parfum, Liebster?», säuselte die falsche Schlange im grünen Kleid, die sich nun neben Michael auf das Bett gelegt hatte und damit begann, sein Hemd aufzuknöpfen.

«Es ist hinreißend ...», hörte sich Michael selbst sagen, während er gleichzeitig ein wildes Verlangen nach der atemberaubenden Schönheit neben sich verspürte.

«Komm, lass dich küssen, mein Liebling», hauchte die Baobhan-Sith ins Ohr des gefesselten Mannes.

«Ja ...», stammelte der Deutsche sehnsuchtsvoll. Doch schon im nächsten Moment änderte sich seine Gefühlslage ins Gegenteil, in ein Gefühl des Ekels. «Nein ... nein, ich will nicht, du bist widerlich. Eine Abscheulichkeit unter dem Licht der Sonne ...»

Der gefesselte Mann versuchte sich, so gut es ging, von der weiblichen Bestie abzuwenden, während er heftige Übelkeit im Magen verspürte und zu würgen anfing.

Doch schon im nächsten Moment verflog dieses Gefühl, und ungeheure Zuneigung stellte sich erneut ein, während ihn neuerliche Schwaden des seltsamen Parfums der Baobhan-Sith umwaberte.

Michael verging fast vor Verlangen danach, sich diesem betörenden Weib hinzugeben, mit jeder Faser seines Körpers. Dem folgte im Wechselbad der Gefühle wieder ein kalter Schwall Ablehnung und Abscheu vor dem weiblichen Dämon.

In einem lichten Moment wurde Michael bewusst, dass seine grün gekleidete Gegnerin überaus starke Pheromone verwendete, um ihn für sich einzunehmen, damit sie ganz im Fokus seines Verlangens lag.

Doch aus irgendeinem Grund schien ihr das bei dem Mann aus dem süddeutschen Stuttgart nicht so recht zu gelingen. Mit jeder neuen Wolke an Pheromonen entbrannte Michaels Leideschaft zwar, aber stets nur kurz, um dann im nächsten Moment ins Gegenteil umzuschlagen.

Michael wusste nicht, wie lange dieses Spiel des Hin- und Her in Wirklichkeit andauerte. Für ihn fühlte es sich wie eine Ewigkeit an. Aber er merkte, wie die Baobhan-Sith langsam Unruhe und Gereiztheit zu zeigen begann. Offensichtlich lief das Geschehen nicht so ab, wie sie es geplant hatte.

«Was stimmt mit dir nicht?», fauchte seine Gegenspielerin deshalb nach geraumer Zeit plötzlich. «So lange hat noch nie ein Mann gebraucht, bis er sich voll Liebe nach mir verzehrt hat! Ich muss wohl größere Geschütze auffahren!» Mit diesen Worten richtete sie sich auf, riss sich Kleid und Unterhemd vom Körper, wälzte sich dann auf Michael und begrub sein Gesicht zwischen ihren üppigen Brüsten, während ihre Hände sich einige Etagen tiefer zu schaffen machen. Offenbar bezweckte sie damit, endlich die gewünschten Gefühle ihr gegenüber zu stimulieren.

Dazu lockte, gurrte und schmeichelte sie in süßen Worten. Die Baobhan-Sith setzte all ihre Verführungskünste, ihre schwarzmagischen Kräfte und Pheromone ein, über die sie verfügte. Aber Michael sprang nicht wirklich darauf an. Im

Gegenteil, die direkte Berührung mit dem nackten Körper des Finsterwesens verstärkte die Abscheu davor bei ihm noch. Selbst die manipulierenden Hände in seinem Schritt erzeugten keine körperliche Reaktion.

Der Busen des Scheusals in Form einer gut aussehenden Frau raubte Michael zudem eher den Atem, als die Sinne. In aufkeimender Panik biss er deshalb irgendwann herzhaft zu, da ihm seiner Hände der Fesselung wegen ja zur Abwehr nicht zur Verfügung standen.

Mit einem lauten Aufschrei wandte sich die Baobhan-Sith von ihrem Opfer ab. Anschließend leckte sie die hervorquellenden Blutstropfen von ihrer Oberweite, spuckte das ganze aber gleich wieder mit einer angewiderten Miene aus.

«Das schmeckt nach Vampir!», schrie sie zornig. «Dein Blut ist durch einen Vampir verdorben! Aber wie kann das sein? Du zeigst keine Male und verwandelst dich auch nicht. So etwas ist doch unmöglich!»

Während sich Michaels Kidnapperin vor Wut die Haare raufte, dankte der Deutsche innerlich Rolfhardt. Die Liebesnächte mit ihm, vor allem die letzte, in der ihn der Wiener Edelmann mit einem Liebesbiss in die Halsvenen in Ekstase versetzt hatte, verliehen Michael die Widerstandskraft, die ihm half, den Verführungskünsten des Finsterwesens nicht zu verfallen. Letztendlich hatte ihm Rolfhardt damit wertvolle Zeit verschafft. Michaels ganzes Hoffen konzentrierte sich nun auf diesen Umstand, der ihm womöglich das Leben retten konnte.

«Ja, ich liebe einen Vampir ...», sagte er, mit einem Mal

ganz ruhig, zu der Furie, die neben ihm auf dem Bett saß und über ihr verdorbenes Mal zeterte. «Ein absolut wunderbarer Mann! Ich liebe ihn vom tiefsten Grunde meines Herzens aus, wie noch niemanden zuvor in meinem Leben. Deswegen kannst du mich nicht dazu bringen, dir Miststück zu verfallen!»

«Ach ja?», schrie sie höhnisch und ohrfeigte ihn so heftig, dass es seinen Kopf herumwarf. «Es wird dich trotzdem nicht retten! Ich sauge dir das Leben aus deinem hübschen Körper, bis du wie eine vertrocknete Pflaume aussiehst, Bürschchen! Zwar wirst du mir nicht besonders gut schmecken, und lange nähren wird es mich auch nicht. Aber davonkommen lasse ich dich auf keinen Fall! Niemand darf von meinem Geheimnis wissen! Deswegen werde ich auch deine Freunde jagen und mundtot machen. Aber erst einmal bist du dran ...»

Mit diesen Worten packte sie Michaels Kopf und hielt ihn mit ihren beiden Händen wie in einem Schraubstock fest. Er hatte keine Chance, sein Gesicht von dem abzuwenden, was nun kam – der Tod in Gestalt der Baobhan-Sith! Immer näher kam ihr Gesicht, in dem die grünen Augen nun unheilvoll aufleuchteten. Ihr geöffneter Mund näherte sich dem Michaels und hielt kurz über dessen Lippen innen. Dann begann sie zu saugen, und Michael schrie um sein Leben ...

Crystal, Rolfhardt, Pater O'Flaherty und Jonathon

verließen die große Bibliothek und bestiegen einen der beiden Fahrstühle, die vom Vorraum direkt ins Untergeschoss führten.

Rolfhardt beschlich eine Ahnung, wohin es gehen sollte. Und wirklich, kaum, dass sie eine Etage tiefer den Lift verlassen hatten, wandte Crystal sich dem leeren Raum zu, dem einzigen in diesem riesigen Haus, der keine erkennbare Funktion zu erfüllen schien. Aber genau hier lag das Ziel, welches die schlafwandelnde Hausherrin vor einiger Zeit mitten in der Nacht aufgesucht hatte.

Sie steuerten in dem weiß in weiß gehaltenen Raum den an dessen Rückwand befindlichen, zehn Meter breiten, fünf Meter tiefen, raumhohen Quader an, der wie ein Wanderker wirkte, jedoch keinerlei Öffnung oder Fenster besaß. Auch er ganz in Weiß gehalten, wie der restliche Raum. Vor dieser Wand stoppte Crystal schließlich.

«Was sollen wir den hier?», wollte Pater O'Flaherty verwundert von der Engländerin wissen. «Ich denke, wir begeben uns zu Michaels Aufenthaltsort!»

«Oh, ich glaube, wir sind bereits auf dem Weg dorthin ...», meinte Rolfhardt leise. Als Vertreter des Übernatürlichen hatte er in diesen Dingen einen weiteren Horizont, als die ‹Normalsterblichen›.

Crystal nickte bestätigend, und schaute die drei Männer mit ernster Miene an.

«Dieser Raum ist nicht ansatzweise so funktionslos, wie er auf dem ersten Blick wirken mag», erläuterte sie mit leiser Stimme. «Dieser Quader hier ...», sie deutete auf den vorspringenden Wandbereich, vor dem sie standen, «... ist nicht das Ende dieses Raums. Sondern das genaue Gegenteil! Es ist ein Portal. Den Eingeweihten und Berechtigten führt es in eine Art Limbo, ein Zwischenreich. Ich habe in den letzten Wochen und Monaten oft Träume davon gehabt, die ich bis heute nicht richtig einordnen konnte. Dieses Portal hat mich gerufen, und zwar so eindringlich, dass ich im Schlaf sogar hierher wandelte, wie Rolfhardt zu berichten weiß. Und vorhin wusste ich mit einem Male, was ich zu tun habe, um Michael zu erreichen.»

«Ein Portal ...?» Bruder Jonathon machte große, ungläubig dreinblickende Augen.

Pater O'Flaherty kratzte sich nachdenklich am Hinterkopf. «Wenn ich dich richtig verstehe, sollen wir jetzt alle durch diese Wand gehen?», sagte er zweifelnd. «Aber wie bewerkstelligen wir das?» Er klopfte mich den Fingerknöcheln gegen das steinharte Wandmaterial. «Das scheint mir hier ziemlich solide zu sein ...»

«Vieles ist nicht das, was es im ersten Moment zu sein scheint», lautete Crystals geheimnisvoll klingende Antwort. «Aber für langatmige Erklärungen haben wir jetzt keine Zeit. Ihr müsst mir nun einfach vertrauen. Für die Passage benötigt es Körperkontakt. Legt mir also die Hand auf die Schulter und lasst nicht los. Folgt mir. Wenn ich gehe, geht ihr auch. Wenn ich stehe, bleibt auch ihr stehen. Egal, was um euch herum geschieht, egal, was ihr seht. Das ist wichtig. Ist das klar?»

Die drei Männer bestätigten die Anweisungen, und legten danach der Hausherrin die Hände auf die Schultern.

Anschließend stemmte die Geisterjägerin ihre beiden Hände flach gegen die Wand des Quaders vor sich. Dann schloss sie die Augen und konzentrierte sich intensiv auf Michael, den sie wie ein Leuchtfeuer in ihren Gedanken spürte, und darauf, auf dem kürzesten Weg zum Aufenthalt des vermissten Freundes zu gelangen.

Einige bange Momente lang schien absolut nichts zu geschehen. Man hörte nur das Atmen der vier Personen in diesem Raum. Fast schon wollte sich Enttäuschung breitmachen, da begann die Wand unter den aufgelegten Handflächen von Crystal plötzlich in einem überirdischen, blauen Licht zu leuchten.

Dieses Leuchten breitete sich rasch weiter aus, bis die Fläche nach nur wenigen Augenblicken ein Areal einnahm, welches in etwa dem einer großen Tür entsprach.

Entschlossen verstärkte Crystal nun den Druck ihrer Hände – und diese drangen unvermittelt in das so fest erscheinende Wandmaterial ein und verschwanden darin. Crystal und die drei ihr folgenden Männer taten langsam einen Schritt nach dem anderen, bis der Quader sie vollständig verschluckt hatte und der weiße Raum im Untergeschoss von Blair House leer zurückblieb.

Die drei Männer und die Frau hatten beim durchschreiten der Barriere das Gefühl, als müssten sie sich durch schwere Vorhänge schieben, die plötzlich vor ihnen aufrissen und den Blick auf eine surreale Landschaft freigaben. Sie befanden sich auf einer unendlichen erscheinenden Ebene. Darüber wirbelten purpurne Wolken, aus denen grüne Blitze brachen, die sich tausendfach verästelnd ihren Weg zum Boden suchten. Allerdings geschah dies in völliger Lautlosigkeit. Dagegen füllte ein sausendes Heulen die Luft, wie wenn tausendfache Luftgeister ein Klagelied angestimmt hätten. Weit in der Ferne stieg eine Lichtsäule in den wolkenverhangenen Himmel.

Auf diese Lichtsäule bewegte sich das Quartett nun zu, ohne jedoch auch nur einen Schritt zu machen. Immer schneller kam diese Lichtsäule näher. Wie Kometen rasten die vier Retter durch dieses unwirkliche Zwischenreich. Keiner konnte sagen, wie lange sie dort unterwegs waren. Es schien nur ein winziger Augenblick zu sein, der eine Ewigkeit andauerte. Dann tauchten sie in die Lichtsäule ein ...

... um im nächsten Moment in ein großes, düsteres Kellergewölbe zu stolpern!

Außer einem großen Bett befand sich nicht viel in diesem Raum. Auf dem Bett saß rittlings eine hochgewachsene, grün gekleidete Frau mit langen, kastanienroten Haaren. Sie hatte sich über einen unter ihr ans Bett gefesselten Mann gebeugt, und es schien, als sauge sie eine Art Fluidum aus dem geöffneten Mund des Mannes heraus.

Die Freunde erkannten die gesuchte Baobhan-Sith, den irischen Seelen-Dämon. Und bei der Person unter ihr handelte es sich um ...

«Michael!»

Rolfhardts wütender Aufschrei hallte laut durch das Gewölbe. Gleichzeitig zeigte der weiße Vampir sein zweites Gesicht. Die Augen leuchteten Rot in Rot, und seine oberen Eckzähne schossen lang hervor. Bis die

Baobhan-Sith realisierte, was hier gerade geschah, hatte sich der weiße Vampir bereits mit einem Sprung auf sie gestürzt, und riss sie mit sich vom Bett herunter.

«Hände weg von meinem Mann, du Miststück!», schrie er dabei, während auf dem Boden ein wüstes Gerangel zwischen den beiden übernatürlichen Wesen entstand.

Die Baobhan-Sith antwortete mit einem Fauchen, während sie sich mit Bissen und Kratzen gegen ihren Angreifer zu wehren versuchte.

«Patrick, kümmere dich um Michael», rief Crystal dem irischen Geistlichen zu. «Jonathon, wir helfen Rolfhardt!»

Sie wartete nicht ab, bis die Männer antworten, sondern sie flankte über das Bett hinweg zu den beiden am Boden kämpfenden Gestalten hin. Rasch griff die Geisterjägerin in die linke Jackentasche ihres Jacketts und holte eine Hand voll Eisenpulver hervor. Das Pulver warf sie mit einer ausholenden Bewegung über die beiden Kämpfenden. Jonathon, der zwischenzeitlich das Bett ebenfalls umrundet hatte, tat es ihr gleich.

Die beiden Wolken rieselten hinab, und als die Eisenpartikel auf die blanke Haut der Baobhan-Sith auftrafen, gab es leise knisternde und zischende Geräusche. Während das Finsterwesen überrascht vor Schmerzen aufschrie, breiteten sich rote Flecken auf dessen Haut auf, wie winzige Brandmale. Es wurden rasch mehr und mehr, die zu immer größeren, brandroten Arealen verschmolzen.

«Ah, ich brenne!», schrie die Lady in Grün gepeinigt auf. «Was tut ihr da? Verschwindet! Lasst mich in Ruhe!»

Ihre Gestalt wandelte sich. Das vorher durchaus schöne

Gesicht wurde zu einer faltigen Fratze. Die Nase bekam einen Knick, die Zähne färbten sich gelb und nahmen eine nadelspitze Form an. Der Köper bekam das Aussehen von knorrig wirkender Baumrinde.

«Ah, die feine Lady zeigt uns ihr wahres Gesicht!», schrie Crystal triumphierend. «Aber das nützt dir nichts, du Bestie! Du hast lange genug unschuldige Männer getötet!»

Daraufhin bäumte sich die Kreatur des NEGEM noch einmal auf, bekam Rolfhardt zu packen und schleuderte ihn mit einem wüsten Aufschrei derart durch die Luft, dass er gegen die grob gemauerte Gewölbewand krachte und für einen Moment benommen am Boden davor liegenblieb.

Jetzt hieß es schnell reagieren, bevor diese irische Walddämonin wieder die Oberhand bekam. Jonathon und Crystal holten nahezu gleichzeitig die mit Eisensulfit-Lösung gefüllten Spritzen aus ihren Jacken hervor und stürzten sich auf die geifernde Baobhan-Sith. Beide Geisterjäger rammten ihr die Spritzen in den Oberkörper und entleerten die Kolben mit der für das Finsterwesen tödlichen Substanz.

Diese konnte ihre beiden Angreifer zwar in einer ersten Reaktion abschütteln, doch zu mehr war sie nicht mehr fähig. Mit einem nicht endend wollenen Schrei griff sie sich an die Brust, wo noch Crystals Spritze steckte, und riss diese heraus.

Doch von der Einstichstelle breitete sich nun rasend schnell eine Schwärze aus, die, wie ein schwarzes Loch, jegliches Licht zu schlucken schien. Die Baobhan-Sith schrie, und schrie, und schrie. Und die Schwärze fraß mehr und mehr von ihrem Körper auf.

Erst, als der gesamte Körper des Walddämons in vollkommene Schwärze gehüllt war, verstummten die Schreie. Für einen kurzen Moment herrschte angespannte Stille. Dann, mit einem trockenen Knall, zersprang der Körper der Baobhan-Sith in Millionen kleinster Partikel, die sich innerhalb weniger Sekunden in Nichts auflösten. Der Spuk hatte ein Ende gefunden!

«Rolfhardt, ist gut jetzt!», sagte Michael mit gutmütigem Nachdruck, während er versuchte, sich aus der liebevollen Umarmung seines Verlobten zu befreien.

«Wir sind zuhause in Blair House, sitzen alle zusammen gemütlich im Wohnzimmer, und versuchen, den Schrecken der letzten Stunden zu verdauen. Aber es droht mir keine Gefahr mehr!»

«Ich weiß, mein Liebling», erwiderte Rolfhardt sanft und entließ den jungen Mann aus seinen Armen. «Es ist nur ... während wir ein paar Minuten später gekommen, dann ...»

Er vervollständigte den Satz nicht, aber auch so wusste jeder, was der Wiener meinte. Tatsächlich hatte es spitz auf Knopf um Michaels überleben gestanden.

«Aber ihr seid rechtzeitig gekommen!», sagte Michael und küsste Rolfhardt auf die Stirn. Dann stand er auf, um sich Tee nachzuschenken.

«Wie ihr da auf einmal aus einem Lichtschein ins Gewölbe gestolpert kamt ... das war schon ein genialer Trick mit diesem Lima!»

«Limbo ...», korrigierte Crystal mit sanfter Stimme. «Limbo nennt man diesen ... Ort. Oder auch Zwischenreich. Fragt mich nicht nach Erklärungen ...» Die Britin hob abwehrend ihre Hände, um Fragen zu diesem ominösen Ort zuvorzukommen.

«Ich kann euch das nicht erklären. Ich weiß nur seit heute, dass ich eine Verbindung zu diesem Reich aufnehmen kann. Hakt es einfach unter ‹Crystals seltsame Fähigkeiten› ab. Vielleicht erklärt es sich dann irgendwann einmal von selbst. Wichtig ist nur, dass wir dadurch Michael vor dem Todeskuss der grünen Lady retten konnten!»

«Das will ich meinen!», rief Michael zustimmend und hob seine Teetasse. «Darauf trinken wir!»

«Darauf trinken wir!», schallte es im Chor zurück.

«Patrick – was wirst du nun Mrs. Sullivan berichten?», erkundigte sich Crystal bei dem irischen Geistlichen, dessen Besuch die Jagd auf die Baobhan-Sith ja erst ins Rollen gebracht hatte.

«Die Wahrheit!», antwortete dieser todernst. «Na ja, vielleicht behalte ich die eine oder andere Einzelheit für mich ...», fügte er dann abmildernd hinzu, als er die skeptischen Blicke der versammelten Mannschaft sah. «Aber im großen und ganzen werde ich mich an das halten, was wirklich geschah. Mrs. Sullivan ist durch und durch Irin. Und als Irin hat sie durchaus eine Ader für das Übernatürliche. Sonst hätte sie uns wohl kaum beauftragt. Sie wird es verkraften. Und die Gewissheit hilft ihr sicherlich, den Tod ihres Sohnes zu verarbeiten.»

«Da stimme ich dir zu», meinte Crystal mit sanfter Stimme. «Nichts ist schlimmer als die Ungewissheit. Wirst du nach Irland zurückkehren, um ihr zu berichten?»

«Ich dachte, ich führe ein Skype-Gespräch mit ihr. Denn ich würde gerne ...», er warf einen langen Blick in die Runde, bevor er fortfuhr, «... ich würde gerne noch ein Weilchen bei euch bleiben, wenn ich darf. Meine Beurlaubung von meiner Gemeinde ist unbefristet. Und ich finde eure Aufgabe so wahnsinnig interessant, dass ich euch für eine Zeitlang dabei unterstützen möchte. Vorausgesetzt, ihr wollt und braucht meine Hilfen ...?»

Da gab es ein großes Hallo dazu, und allgemeine Begeisterung. Es wurde noch viel und lange geredet.

Und in munteren Gesprächen begannen die Geschehnisse der letzten Stunden zu verblassen. Eine willkommene Ruhepause für die Ermittler von ‹ESP Investigations›. Die raue Wirklichkeit würde sie ohnehin schnell genug wieder einholen ...

ENDE

Die Reihe wird fortgesetzt mit Band 5, der folgenden Titel trägt:
«Gasthaus zum grinsenden Tod»

Eigentlich wollten sich die Geisterjäger um Crystal im Lake District eine Auszeit gönnen. Doch allzuschnell merken sie, dass es in ihrer Unterkunft nicht mit rechten Dingen zuzugehen scheint. Schon bald wird ihr Leben bedroht ...

W. Berner

TERRA FUTURA – TESECO im Einsatz

Band 06
»Die Portalwelt«
Science Fiction – Serie
Als Ebook (Kindle) und Band 06 auch als Taschenbuch

www.fantastischegeschichten.de

XUN präsentiert als Taschenbuch Nr. 20

»Der Lauf der Zeit«

Ein Zeitreise-Abenteuer von W. Berner

Erhältlich als Ebook oder Taschenbuch bei Amazon

Ein Roman aus der
Freien Redaktion XUN

»Crystal – geboren aus Dunkel und Licht«
Band 03: »Todesangst in der Berrymoore Street«

Ein Horror-Roman von A. T. Legrand

Erhältlich im Buchhandel als Taschenbuch oder Ebook

Eine Serie der
Freien Redaktion XUN